O crepúsculo do mundo

O caipira do mundo

Werner Herzog

O crepúsculo do mundo

tradução
Sergio Tellaroli

todavia

Muitos detalhes estão corretos, muitos outros não. Ao autor, importou outra coisa, importou algo essencial, conforme ele acreditou reconhecê-lo em seu encontro com o protagonista desta narrativa.

Em 1997, dirigi em Tóquio a montagem da ópera *Chūshingura*. Shigeaki Saegusa, o compositor, vinha insistindo fazia tempo para que eu dirigisse a estreia mundial de sua obra. *Chūshingura* conta a mais japonesa de todas as histórias japonesas: em uma cerimônia, um senhor feudal é provocado e insultado. Saca, então, sua espada, mas, em decorrência desse ato, é obrigado a cometer *seppuku*, o suicídio ritual. Numa noite dois anos mais tarde, quarenta e sete de seus vassalos vingam sua morte atacando e matando o nobre que o ofendera injustamente. Sabem que terão de morrer pelo que fizeram. No mesmo dia, todos os quarenta e sete, sem exceção, cometem suicídio.

Shigeaki Saegusa é um compositor muito respeitado no Japão; à época dessa montagem, tinha um programa de televisão e todos sabiam daquele nosso trabalho conjunto. À noitinha, seus colaboradores mais próximos se reuniram para jantar em torno de uma mesa comprida. Saegusa chegou com atraso, estava fora de si de tão agitado. Herzog-san, ele me chamou. O imperador tinha sinalizado que gostaria de me convidar para uma audiência particular, caso a tensão da estreia tão próxima não fosse demasiada. Respondi: pelo amor de Deus, não tenho ideia do que fazer na companhia do imperador, seria apenas uma troca vazia de formalidades. Senti a mão de minha mulher, Lena, agarrando a minha, mas era tarde demais. Tinha recusado o encontro.

Cometera uma gafe tão terrível, tão burra, que até hoje ela me dá vontade de afundar no chão. Em volta da mesa, todos os presentes haviam se transformado em estátuas de sal. Ninguém parecia respirar. Todos baixaram o olhar, desviando-o de mim, um longo silêncio de arrepiar instaurou-se na sala. Pensei comigo: agora, o Japão inteiro parou de respirar. Então, uma voz invadiu aquele silêncio: com quem, afinal, senão com o imperador, eu gostaria de me encontrar no Japão? Sem pensar, respondi: Onoda.

Onoda? Onoda?

Sim, eu disse, Hiroo Onoda. Uma semana mais tarde, encontrei-me com ele.

Lubang, uma trilha na selva

20 de fevereiro de 1974

A noite se revolve em sonhos febris, e, já ao acordar, a paisagem, como um arrepio gélido, é um sonho crepitante de estática transformado em dia, um sonho que se recusa a desvanecer, tremelicante como luzes de néon mal conectadas. Desde a manhã a floresta tremula em tormentos rituais de um arrebatamento elétrico. Chuva. A tempestade está tão longe que nem se ouve o trovão. Será talvez um sonho. Estarei talvez sonhando. Uma trilha larga, o denso matagal à esquerda e à direita, folhas apodrecendo no chão, a folhagem pinga. A selva persiste na imobilidade, paciente e humilde, até que a missa solene da chuva tenha sido celebrada.

E mais. Como se eu próprio estivesse lá, o barulho de vozes confusas à distância; gritos alegres aproximam-se. Dos vapores indistintos da selva, um corpo toma forma. Um jovem filipino desce correndo a trilha levemente inclinada. Estranho; ele corre segurando na mão direita, sobre a cabeça, o que foi um guarda-chuva, mas agora é apenas uma carcaça de arame e pano rasgado; na mão esquerda, carrega uma guna, uma grande faca filipina. Bem junto dele, uma mulher com um bebê nos braços e, mais atrás, sete ou oito aldeões. Impossível saber o que provocou a alegre agitação. Passam correndo, e nada mais acontece. O pingar constante das árvores, a trilha silenciosa.

Não é mais que uma trilha. E então, do seu lado direito, bem à minha frente, algumas das folhas apodrecendo no chão se movem. O que foi isso? Um momento de imobilidade. Depois, uma parte da parede de folhas diante de mim começa a se mexer, mais ou menos na altura dos olhos. Devagar, bem devagar, um homem-folhas toma forma. É um espírito? O que eu estivera vendo o tempo todo, sem nem reconhecer o que tinha bem diante dos olhos, é um soldado japonês. Hiroo Onoda. Mesmo que o soubesse ali, imóvel, não o teria visto, de tão completa a camuflagem. Ele afasta das pernas as folhas molhadas, depois os ramos verdes que prendera ao corpo com todo o cuidado. Estende a mão rumo ao fuzil em meio à mata densa, ao lado do qual escondeu também a mochila camuflada. Reconheço um soldado de pouco mais de cinquenta anos, atlético; executa cada movimento com extremo cuidado. Seu uniforme compõe-se unicamente de retalhos costurados, a coronha do fuzil embrulhada em tiras de cortiça. Põe-se a escutar com muito cuidado, depois desaparece na direção para a qual os aldeões haviam corrido. Diante de mim, vejo sempre e apenas a trilha lamacenta; ela é nova agora, diferente, mas é a mesma, só que repleta de mistérios. Será talvez um sonho.

A trilha, agora um pouco mais abaixo, alargou-se. A chuva não passa de um chuvisco. Onoda estuda pegadas na lama, sempre à escuta, sempre cauteloso. Alertas, seus olhos passeiam sem parar pela redondeza. Os pássaros começaram a cantar, mas sem agitação, como se lhe assegurassem que, no momento, "perigo" é apenas uma palavra no dicionário, um estado misterioso e discreto da paisagem. Também o zumbido dos insetos é uniforme. Começo a ouvir com Onoda que o zumbido não é agressivo, não soa alvoroçado. De longe, o rumorejar de um riacho, embora eu ainda não tenha visto riacho nenhum, como se também eu, assim como Onoda, estivesse começando a traduzir os ruídos.

Lubang, afluente do Wakayama

21 de fevereiro de 1974

Aqui, o teto da floresta recobriu um rio estreito. Águas claras escorrem sobre pedras planas. Da esquerda, onde começam colinas íngremes tomadas pela floresta, deságua um riacho. Mais abaixo do afluente, estende-se a paisagem. Bambuzais, palmeiras, juncos altos. Onde os dois riachos se misturam começa um banco plano de areia. Onoda atravessa a areia andando de costas e deixando pegadas que conduzirão um eventual perseguidor na direção errada. Por entre os juncos que balançam lentamente, ele reconhece uma bandeirinha japonesa. Ergue com cuidado seu binóculo velho, maltratado pelos muitos anos na selva. Será que ainda tem de fato um binóculo? Seus prismas já não foram tomados há muito tempo por algum fungo? Ou Onoda é simplesmente inconcebível sem um binóculo? A bandeira estira-se e esvoaça ao vento que a tarde sopra. Seu tecido é tão novo que ainda se podem distinguir com nitidez os vincos nas dobras.

Uma barraca ergue-se ao lado dela, novinha, como aquelas que os turistas usam em suas excursões de fim de semana. Onoda se levanta com todo o cuidado. Vê um jovem acocorado no chão, o rosto voltado para o outro lado, tentando acender um fogareiro. Não se vê mais ninguém. Uma mochila de plástico repousa na entrada da barraca. Quando o rapaz estica o braço para apanhá-la e, com ela, proteger o fogareiro do vento, seu rosto se torna discernível: trata-se de Norio Suzuki.

Onoda salta de repente de seu esconderijo. Suzuki levanta-se assustado e vê o fuzil apontando diretamente para ele. Precisa de um momento até encontrar a própria voz.

"Sou japonês... Sou japonês."

"De joelhos!", Onoda ordena. Suzuki ajoelha-se lentamente.

"Tire os sapatos. Jogue-os para longe."

Suzuki obedece. Um leve tremor só lhe permite desatar os cadarços com dificuldade.

"Estou desarmado. Isto aqui é só uma faca de cozinha."

Onoda mal toma conhecimento da faca no chão. Suzuki a afasta com cuidado para longe de si.

"O senhor é Onoda? Hiroo Onoda?"

"Sim. Tenente Onoda. Sou eu mesmo."

Com um gesto estoico, impenetrável, Onoda aponta o cano do fuzil diretamente para o peito de Suzuki. Ao mesmo tempo, o rosto deste ganha vida.

"Estou sonhando? Estou vendo o que estou vendo?"

A luz do dia deu lugar ao anoitecer. Onoda e Suzuki estão acocorados junto da fogueira, algo afastada da barraca de Suzuki. As cigarras noturnas começam a cantar. Onoda posicionou-se de forma a poder observar o entorno com seu olhar sempre errante. Desconfiado, alerta, segue mantendo o fuzil apontado diretamente para Suzuki. Já devem ter conversado por algum tempo. Depois de uma pausa, Suzuki retoma a conversa.

"Como eu poderia ser um agente americano? Tenho só vinte e dois anos."

Onoda não se impressiona. "Quando vim para cá, para começar a guerra, tinha apenas um ano a mais que o senhor. Toda tentativa de me demover de minha missão foi sempre um estratagema de agentes inimigos."

"Eu não sou seu inimigo. Minha única intenção era encontrar o senhor."

"Pessoas em trajes civis vieram até esta ilha, valendo-se de todos os disfarces possíveis e imagináveis. Queriam, todas elas, uma coisa só: acabar comigo, me levar preso. Sobrevivi a cento e onze emboscadas. Fui atacado inúmeras vezes. Já perdi a conta de quantas vezes atiraram em mim. Todo ser humano nesta ilha é meu inimigo."

Suzuki se cala. Onoda olha para a direção em que o céu ainda exibe alguma claridade.

"Sabe que aspecto tem um projétil disparado em sua direção numa luz como esta?"

"Não, na verdade, não sei."

"Tem um brilho azulado, quase como um projétil traçante."

"É mesmo?"

"A gente vê a bala vindo diretamente em nossa direção, quando ela é disparada de uma distância maior, de longe o bastante."

"E nunca o acertaram", Suzuki se admira.

"Teriam me acertado. Girei o corpo, e a bala passou reto."

"Balas assoviam?"

"Não, soam como algo que passa vibrando. Um zumbido grave."

Suzuki está impressionado.

Uma voz se imiscui. Na distância, flameja o céu noturno. A voz canta uma canção.

"Quem está cantando?" Suzuki não vê ninguém.

"É Shimada. O cabo Shimada. Foi aqui que ele tombou."

"Isso ainda na primeira metade dos anos cinquenta? Conheço essa história. Todo mundo no Japão conhece."

"Ele morreu há dezenove anos, nove meses e catorze dias. Aqui, junto do afluente do Wakayama. Foi uma emboscada."

"Wakayama?", Suzuki pergunta. "É um nome japonês."

"Bem cedo, no começo de nossa luta em Lubang, foi o nome que meu batalhão deu a esta confluência aqui, em homenagem a minha terra natal, a província de Wakayama."

As cigarras agora cantam mais forte, enchendo a paisagem de seu canto. Agora, são elas que conversam. Suzuki reflete longamente. Por fim, as cigarras gritam todas juntas, estridentes, como se numa indignação coletiva.

"Onoda-san?"

"Tenente."

"Tenente, eu queria muito que não ficássemos andando em círculos."

Suzuki se cala. Onoda toca seu peito de leve com o cano do fuzil, não de forma ameaçadora, mas antes para encorajá-lo a manter o fogo aceso.

"Se o senhor não é um agente, quem é então?"

"Meu nome é Norio Suzuki. Já fui estudante da Universidade de Tóquio."

"Foi?"

"Larguei os estudos."

"Ninguém larga simplesmente os estudos na melhor universidade do país."

"Me assustou ver de repente todo o meu futuro diante de mim, minha carreira, cada passo dela, até a aposentadoria."

"E daí?", Onoda não compreende.

"Queria alguns anos de liberdade antes de sacrificar minha existência aos negócios."

"E?"

"Comecei a viajar. De carona. Viajei por quarenta países."

"O que é isso, 'carona'?"

"Parar carros, na esperança de que levem a gente junto. Sem destino. Até que encontrei meu destino, minha meta."

"E que meta é essa?"

"Na verdade, são três. Primeiro, queria encontrar o senhor, tenente Onoda."

"Ninguém me encontra. Durante vinte e nove anos, ninguém me encontrou."

Suzuki sente-se encorajado.

"Estou aqui há menos de dois dias e o encontrei."

"*Eu* é que tropecei no senhor, fui eu que o encontrei. E não o senhor a mim. Se o senhor não tivesse negligenciado todo e qualquer perigo, suponho que eu o teria matado."

Aquilo não ficou claro para Suzuki, que se calou.

"E quais são suas duas outras metas na vida?"

"O yeti..."

"Quem?"

"O abominável homem das neves, no Himalaia. Encontrar a lúgubre criatura peluda da neve. Acharam pistas dele, ele existe. E, por fim, encontrar um urso panda em seu habitat natural, nas montanhas da China. Nesta ordem: Onoda, yeti, urso panda."

Pela primeira vez, vê-se um indício de sorriso no rosto de Onoda. Ele assente. Continue, conte mais.

Incentivado, Suzuki prossegue. "A guerra acabou vinte e nove anos atrás."

Incompreensão pura e imóvel no rosto de Onoda.

"Não pode ser."

"O Japão capitulou em agosto de 1945."

"A guerra não acabou. Faz uns dois dias, vi um porta-aviões norte-americano acompanhado de um destróier e de uma fragata."

"Indo para leste?", Suzuki supõe.

"Não tente me enganar. O que eu vi, eu vi."

Suzuki permanece firme. "Tenente, os Estados Unidos têm sua maior base de apoio naval no Pacífico na baía de Subic. É onde cuidam de todos os navios de guerra."

"Perto da baía de Manila? A apenas noventa quilômetros de lá?"

"Isso."

"Essa base já existia no começo da guerra. Como é que navios americanos hão de ter acesso a ela?"

"Os Estados Unidos e as Filipinas são aliados."

"E os bombardeiros? Eu os vejo sempre."

"Em voo para a Base Aérea de Clark, ao norte da baía de Manila. Por que, tenente, se me permite perguntar, unidades de proporções tão enormes não atacariam e esmagariam a ilha de Lubang? Afinal, Lubang controla o acesso à baía de Manila."

"Não tenho conhecimento dos planos do inimigo."

"Não existe plano nenhum, porque a guerra acabou."

Por um momento, Onoda luta consigo mesmo. Depois, levanta-se devagar, dá um passo na direção de Suzuki e aperta-lhe a boca do fuzil entre as sobrancelhas.

"Diga-me a verdade. A hora chegou."

"Tenente, não tenho medo da morte. Só acharia deprimente morrer quando estou falando a verdade."

Aquela noite será a mais longa de todas; Onoda, em choque, arrastado de um lado para outro por suas dúvidas e descobertas. Exteriormente, porém, não exibe nenhum movimento, seu rosto permanece petrificado. Bombas atômicas sobre duas cidades japonesas, centenas de milhares de mortos de uma só vez? Uma arma que tem algo a ver com a energia liberada pela fissão de átomos? Como assim? Suzuki não dispõe do conhecimento técnico para esclarecê-lo. Nesse meio-tempo, outros países a teriam também, essa bomba. O arsenal existente, ele conta, é tão poderoso que seria capaz de matar cada habitante do planeta não apenas uma ou duas vezes, e sim mil duzentas e quarenta vezes. Para Onoda, isso é incompatível com a lógica da guerra, com a lógica de toda e qualquer guerra que se possa conceber, inclusive aquelas do futuro.

Mas o que aconteceu depois que, supostamente, as bombas foram lançadas sobre o Japão, Onoda quer saber. Aquilo, prosseguiu Suzuki, tinha sido em 1945. O Japão havia capitulado incondicionalmente. O imperador tinha feito pelo rádio um discurso à nação. Até aquele momento, ninguém jamais tinha ouvido sua voz. E declarara também não ser um Deus vivo. Essa declaração é tão impensável para Onoda que ele a toma como prova de que Suzuki só pode estar ali com a incumbência de enganá-lo. De novo, enterra a boca do fuzil entre os olhos de Suzuki.

"A verdade é que a guerra nunca acabou. Os cenários se deslocaram, só isso."

Mas Suzuki permanece firme. "No Ocidente, a Alemanha perdeu a guerra. Lá, a capitulação se deu inclusive meses antes da do Japão."

"Não", disse Onoda, "a guerra continuou, ela continuou no Ocidente. Tenho como prova o que vi."

"Prova? Que prova é essa?"

"Vi ondas e mais ondas de bombardeiros americanos voando sobre minha cabeça. Bem aqui, e bem naquela direção. Rumo a oeste."

"Quando foi isso?"

"Durou anos."

"E começou quando?"

"Em 1950. Bombardeiros, transporte de tropas, navios de guerra."

"Isso era a Guerra da Coreia."

"Guerra da Coreia? Que Guerra da Coreia? A Coreia é nossa."

"Os comunistas expulsaram os japoneses. Depois, os Estados Unidos começaram uma guerra contra os comunistas."

"E, pelo visto, perderam."

"Foi meio a meio. A Coreia hoje está dividida entre um norte comunista e um sul capitalista."

Onoda tem dificuldade para assimilar tanta coisa de uma vez só.

"Mas o movimento dos bombardeiros, isso nunca acabou."

"Que aviões eram esses? Quando?"

"Sempre rumando mais para o oeste. Bombardeiros americanos voando bem sobre a minha cabeça. Em número cada vez maior e, a partir de 1965, em portentosas formações. Isso além das formações navais, cada vez maiores e em maior número. E o senhor quer me convencer de que, um dia, a guerra acabou?"

"Essa era a Guerra do Vietnã."

"O quê?"

Onoda se recosta. A noite faz-se longa. As cigarras, indiferentes ao que seja guerra ou paz, a que nome as guerras recebem e a quem as batiza, tornam a intensificar seu canto monótono; essa é agora sua guerra, talvez sua negociação de paz, que também pouco entendemos. A lua. A primeira luz do dia que se aproxima a torna ainda mais pálida, um astro sem um sentido mais profundo, e isso há uma eternidade, desde antes ainda da existência humana.

Como se numa conspiração não combinada, Onoda e Suzuki olham ao mesmo tempo para a lua lá em cima. "O homem esteve na Lua", Suzuki diz baixinho, como se com cuidado para não revelar de uma vez só muitas coisas chocantes demais.

"Quando? Como?"

"Há menos de cinco anos. Usaram foguetes e cápsulas espaciais para proteger os astronautas em voo. Não me dá prazer dizê-lo, mas astronautas americanos, dos nossos antigos inimigos."

"Os Estados Unidos ainda são nossos inimigos."

"Na verdade, não são mais. Eles até vieram para nossos Jogos Olímpicos."

"Dos Jogos Olímpicos fiquei sabendo", diz Onoda.

"E como?", Suzuki se espanta.

"Agentes inimigos espalharam pela ilha toda, em vários lugares, jornais japoneses falsos, cuidadosamente fabricados. Vários pareciam críveis, mas o propósito era apenas me atrair para fora da selva." Onoda se cala por um longo momento. "Vou continuar minha guerra. Estou lutando há trinta anos e trago em mim muitos anos mais."

"Mas alguns dos fatos que expliquei ao senhor..."

"Vou refletir sobre isso", Onoda o interrompe.

"O que seria necessário para que o senhor pusesse fim a sua guerra?", Suzuki pergunta baixinho.

Onoda pensa.

"Todos os panfletos atirados de aviões demandando que eu me entregasse eram falsificações. Posso provar."

Onoda o diz mais para si próprio do que para seu visitante inesperado.

"Eu só me entregaria sob uma condição. Uma única."

"E qual seria?", pergunta Suzuki.

"Se um de meus oficiais comandantes viesse até aqui e me desse a ordem militar para que eu cessasse todas as hostilidades, aí eu me entregaria. Só nesse caso."

Suzuki se apega de pronto à ideia.

"Deixe-me tentar trazer alguém até aqui. Esse oficial, fosse quem fosse, precisaria, em primeiro lugar, ser restituído ao serviço. De acordo com sua nova Constituição, o Japão só dispõe hoje de um exército bem pequeno e exclusivamente para sua defesa."

Suzuki começa a fazer contas.

"Em dois ou três dias, eu poderia estar de volta a Tóquio. Depois, numa estimativa grosseira, mais dez dias para que eu possa arranjar tudo. Em três semanas, poderia estar aqui de volta."

Onoda reflete por alguns instantes. "Soa realista."

Suzuki se apressa. "Que tal fazermos o seguinte: nos reencontramos bem neste ponto, e eu trago comigo um superior do senhor? Nada de soldados filipinos. Ninguém mais. Só ele e eu."

Onoda assume um tom formal. "Eu aceito. Mas, se tentar me enganar, abro fogo sem aviso prévio, contra o senhor e quem mais trouxer."

Sem aperto de mãos, apenas uma pequena mesura. Os homens não se tocam. Suzuki se anima. "O senhor me permitiria tirar uma foto sua?"

"Não", Onoda responde. "No máximo, se sairmos juntos na fotografia."

Suzuki começa de imediato a procurar sua máquina fotográfica. Como não tem um tripé, deposita a câmera sobre sua mochila. De um salto, volta para junto de Onoda, acocorado no chão a dois metros de distância.

"Logo vai disparar o flash. O senhor não pode imaginar. Esta foto será uma sensação no mundo todo."

"Segure meu fuzil", diz Onoda. "Será prova de que confio no senhor."

O flash ilumina os dois homens. Onoda examina Suzuki com rigor.

"Em parte. Ao menos em parte."

Campo de aviação de Lubang

Dezembro de 1944

O campo de aviação é pequeno, não consertam há anos o asfalto descorado e rachado. Alguns prédios baixos ao fundo, telhados enferrujados de chapa ondulada, tudo isso em diferentes estágios de abandono. Depois do campo de aviação, mar aberto, norte de Lubang, a pequena ilha de Cabra em meio à nevoa. Um navio japonês de transporte de tropas ancorado próximo da costa. Barcos pequenos e pesados levam soldados a bordo. Um batalhão de japoneses cansados põe-se em formação. Seus uniformes lavados ainda não estão totalmente livres da lama da floresta, alguns calçam botas de borracha que só podem ter vindo da população local. Ao marchar para o barco que os levará a bordo, passam por dois bombardeiros bastante avariados, afastados da pista de pouso e decolagem.

O major Taniguchi e um Onoda trinta anos mais novo estão postados à sombra de um hangar vazio. Este último, rijo, recebe ordens de seu superior. O major é formal.

"Tenente Onoda, comunico-lhe aqui as ordens do quartel--general." Onoda retesa ainda mais o corpo.

"Senhor major, o tenente Onoda está às suas ordens."

"O senhor é aqui o único homem com treinamento em guerra secreta, em táticas de guerrilha."

"Sim, senhor, senhor major."

"Aqui está sua ordem", Taniguchi principia. "Tão logo nossas tropas sejam retiradas de Lubang, é sua missão manter a ilha ocupada até o retorno do Exército imperial. O senhor defenderá esta área empregando para tanto a guerra de guerrilha, custe o que custar. Terá de tomar todas as decisões por conta própria. Ninguém lhe dará ordens. Está à sua própria mercê. De agora em diante, não há mais regras: o senhor criará as regras."

Onoda permanece inabalado. "Sim, senhor major, pois não."

"À exceção de uma única regra", Taniguchi prossegue. "Não lhe é permitido morrer por suas próprias mãos. Em vez disso, caso o senhor seja capturado, dará ao inimigo grande quantidade de informações enganosas."

O major sinaliza para que Onoda o siga para dentro do hangar quase vazio. Tudo ali é provisório. Não há no hangar aviões japoneses em manutenção, apenas um amontoado desordenado de provisões e equipamentos militares. Os dois soldados postam-se junto de uma parede à qual ainda encontram-se pregados mapas diversos, um deles da ilha de Lubang. O major aponta para o mapa.

"Doravante, embora a retirada ainda não tenha se completado, o senhor tem duas tarefas estratégicas imediatas. A primeira: todo explosivo existente na ilha lhe será entregue e, com ele, o senhor vai destruir este campo de aviação. A segunda: com o explosivo remanescente, vai destruir a ponte de desembarque do porto de Tilik. Esses dois alvos são os pontos principais sujeitos a invasão inimiga."

Onoda estuda o mapa. A ilha é comprida, tem pouco mais de vinte e cinco quilômetros de extensão. Sua porção central é montanhosa e recoberta pela selva, sem estradas nem povoados. Na costa norte, defronte de Tilik e não muito longe de Lubang, a baía de Manila situa-se a cerca de oitenta quilômetros. A extremidade sudeste, estreita, além das montanhas, é plana, mas não possui estradas discerníveis. Ali, há apenas um pequeno povoado: Looc.

"Senhor major", Onoda pergunta, "de quantos homens vou dispor?"

"Vamos montar uma tropa para o senhor", respondeu o major. "Mas nela não terá ninguém versado em guerra secreta. E ninguém terá conhecimento das ordens dadas ao senhor. Além disso, nesse tipo de guerra, o senhor não terá nenhuma chance de receber condecorações."

"Não luto por medalhas."

Os dois homens se calam.

"Senhor major?", recomeçou Onoda.

"Pergunte. É sua oportunidade."

"Serei responsável só por Lubang ou por uma região mais extensa, como as ilhas pequenas ao redor — Cabra, Ambil, Golo?"

"Por que pergunta isso?"

"Senhor major, esta ilha não é muito grande, e a floresta recobre apenas cerca de dois terços dela. O terreno é muito pequeno para uma guerra de guerrilha."

"Sim, mas", respondeu o major, "Lubang é, por isso mesmo, de importância estratégica ainda maior. Quando o Exército imperial retornar vitorioso, esta ilha vai servir de trampolim para conquistarmos a baía de Manila. É lá que o inimigo vai concentrar suas forças."

O semblante de Onoda permanece impenetrável.

O major não quer deixar margem a dúvida nenhuma. "O senhor vai operar a partir da selva. Sua guerra será pura guerra de exaustão. Escaramuças a partir de esconderijos cambiantes. O senhor será um espírito, intangível, o eterno pesadelo do inimigo. Será uma guerra sem glória."

Lubang

Janeiro de 1945

As lembranças — talvez apenas um sonho — dos primeiros dias que se seguiram são vagas, ganharam vida própria. Fragmentos se modificam e se reordenam, difíceis de compreender e sem nenhum modelo, como a folhagem enovelada por um torvelinho, mas que, ainda assim, revela de onde vem e para onde vai voar. Um caminhão, apreendido por tropas japonesas e que, há pouco, ainda transportava terra e madeira, tortura-se por uma estrada enlameada. A região é plana e chove. É a porção norte da ilha. Bananeiras molhadas à esquerda e à direita, coqueiros um pouco mais distantes. Dois ou três búfalos selvagens postados junto de uma cabana coberta com ramos de palmeiras, descansando ensimesmados como se tivessem se movido pela última vez há semanas. Na carroceria do veículo, Onoda e seis soldados japoneses estão acocorados sob um pedaço de vela molhado, pesado e teimosamente rijo. Sob a proteção ruim, ombro a ombro com Onoda, está o cabo Shimada, ainda jovem, aos vinte e poucos anos. Aldeões filipinos detêm o caminhão, exigem que ele leve um búfalo doente, mas os soldados japoneses não permitem.

Um depósito de munição na borda da mata, provisório, como se montado às pressas por refugiados dispersos valendo-se de chapas onduladas. Vento forte. Ali começam as encostas dos montes baixos, densamente recobertos pela floresta fumegante. Os soldados japoneses saltam do caminhão e abrem o portão largo, composto tão somente de uma moldura de madeira e de chapas onduladas e enferrujadas de latão. Na penumbra, bombas e granadas amontoadas. Um furioso golpe de vento arranca o portão da mão de um soldado, e ele bate com tanta força contra a construção que se desmancha em retalhos de latão a voar. Uma única tira de chapa ondulada permanece presa frouxamente à moldura, a tempestade a faz cantar.

Onoda está furioso, mas se contém. Ou será que aquele momento se formou em sua memória apenas depois? Bem ao lado da munição encontram-se alguns barris colocados ali sem nenhum cuidado, barris de um metal maltratado, amassado. Onoda examina um deles com uma sonda de bambu. "Cabo Shimada, estes barris estão cheios de gasolina. Munição e combustível jamais devem ser armazenados juntos. Quem é o responsável por isso?"

Shimada encolhe os ombros. "Ninguém mais segue as regras do Exército."

Onoda começa a falar mais alto, para que todos possam ouvi-lo. "A partir de agora, o responsável sou eu. Todos nós somos responsáveis em igual medida. Nós somos o Exército."

Shimada olha em torno. "Tenente, eu compreendo. Um exército de sete homens."

Shimada, que cresceu numa propriedade rural, encontra rapidamente uma solução para carregar no caminhão as bombas mais pesadas, de mais de quinhentos quilos.

"Tenente", ele assegura, "em casa certa vez erguemos um boi de quatrocentos e cinquenta quilos de um pântano." Assim, sob suas instruções, logo surge uma alavanca feita do tronco de uma árvore e apoiada sobre diversos barris reunidos. Uma bomba de calibre considerável é então amarrada ao braço mais curto da alavanca e içada até a carroceria do caminhão. Mas, depois de chegar ao campo de aviação com sua carga, Onoda entra em conflito imediato com o tenente responsável, Hayakawa, que se recusa a destacar soldados de seu batalhão para posicionar as bombas na pista.

"As unidades em retirada", explica ele, conciso, "utilizam a pista para o oceano como via para a evacuação de todo o aparato bélico pesado." Além disso, Hayakawa quer se assegurar de que o campo de aviação permanecerá intacto até que a Força Aérea imperial retome o controle do espaço aéreo. Onoda, porém, condenado ao silêncio, recebeu outras ordens, secretas.

"Se não o destruirmos por completo", diz ele, "este campo será reconquistado pelo inimigo. E o inimigo vai, então, simplesmente voltar a utilizar a pista. O senhor está ciente de que a ordem para a evacuação completa de Lubang já foi dada?"

Hayakawa se refugia na propaganda política. "Nossa gloriosa Força Aérea ainda vai precisar deste aeródromo. Estamos nos retirando apenas momentaneamente para posições melhores."

Lubang, Tilik

Janeiro de 1945

Inquietude em meio à escuridão. A ponte de desembarque no porto de Tilik avança cerca de setenta metros em direção à baía. Onoda e seus homens ocupam-se de afixar bananas de dinamite e outros explosivos nos pilares do píer, ao passo que, sobre suas cabeças, soldados japoneses confusos tentam, no escuro, encontrar barcos para sua evacuação. Somente algumas lanternas traçam trilhas confusas na noite. Soldados saltam para barcos atracados de pescadores, mas sem tripulação. Por fim, uma barcaça de desembarque acolhe muitos dos soldados sem ninguém a conduzi-los. A retirada do Exército japonês se dá sem nenhuma ordem.

A instrução de Onoda para preparar a destruição é que os pilares de apoio recebam explosivos a cada dez metros. O cabo Shimada conecta as cargas com fios elétricos, mas é pragmático o bastante para, além disso, provê-las de detonadores, porque, na presente situação, não confia na energia elétrica. Ele segura sua lanterna entre os dentes. Um oficial se apercebe do que está em curso e exige uma explicação de Onoda. "Estou vendo bem? O senhor vai explodir o píer?"

"Senhor capitão, é exatamente o que pretendo", Onoda responde.

"O senhor não vai fazer isso, é uma ordem."

Onoda está muito tranquilo. "Tenho ordens especiais."

Aquilo irrita o oficial. "O senhor não vê que nossos próprios homens estão usando esta ponte? Amanhã, durante o dia, provavelmente chegarão mais e, do modo como estão as coisas, assim será pelos próximos dois ou três dias. Algumas unidades no interior da ilha perderam o contato conosco."

Onoda pensa por um momento. "Minhas ordens me permitem alguma flexibilidade. Mas o inimigo chegará aqui em breve. Tão logo nossas tropas tenham deixado a ilha, começo com a destruição."

Ao amanhecer, Onoda detém o caminhão à margem de Tilik. Coleta tudo que é importante para ele: caixas de munição abandonadas com cartuchos de fuzil, granadas de mão, sacos de arroz de uma cozinha de campanha. A seu lado, uma grande barraca com as laterais erguidas. Em camas simples jazem soldados, só agora Onoda percebe que se trata de um hospital de campanha. Um dos homens feridos senta-se na cama e pede que explosivos sejam deixados ali. A maioria dos feridos graves prefere cometer suicídio a cair nas mãos do inimigo.

"Mas os senhores não serão removidos? Quem vem buscá-los?", Onoda pergunta.

"Ninguém", responde o homem.

"Ninguém?"

"Deixaram-nos completamente sozinhos. Ainda ontem tínhamos dois médicos do Exército aqui, mas foram-se embora ao cair da noite. Supostamente para tratar de feridos em Tilik, mas sabemos que, tanto em Tilik como nas redondezas, já não há combates há uma semana." A despeito do ferimento grave, o soldado endireita-se na cama de campanha. "Eu sei como explodir uma bomba."

Onoda pensa um pouco. "Deixo uma parte da minha carga aqui. O senhor ainda tem condições de detonar uma granada de mão?"

"Se o senhor empilhar a munição perto de mim, não preciso lançar a granada", assegura o soldado.

***

Mas, aqui, as lembranças de Onoda se esfumam. Certeza ele tem apenas de que não pôde explodir o campo de aviação de Lubang. Todas as unidades estão contra ele, ninguém lhe fornece soldados, sobre os quais, de resto, não teria autoridade alguma — as unidades de radar, de reconhecimento aéreo, as equipes de solo para os aviões, os grupos responsáveis pelas forças marítimas, que já não contam ali com oficial nenhum. Onoda, porém, tem a ideia de fazer o próprio inimigo destruir o campo de aviação. Juntamente com alguns homens das equipes de solo, que não se mostram muito dispostos, ele arrasta para a pista duas carcaças de bombardeiros e, valendo-se de recursos primitivos, as reveste de tal forma que, vistas do ar, elas se parecem com aviões prestes a decolar.

"Nossa guerra deveria ter tomado essa direção há muito tempo", argumenta.

O tenente Hayakawa sente essa forma de guerra como ofensiva. "Vou lutar pela honra de nosso imperador, e isso numa luta honrada."

"Como?", Onoda pergunta. Mas Hayakawa não julga aquela forma de covardia digna de resposta. Nos longos anos que se seguem, no entanto, Onoda se ocupará constantemente da forma como as criaturas se defendem na natureza, fazendo-se invisíveis como as borboletas que mimetizam o padrão das cascas das árvores, os peixes que adquirem a coloração dos seixos no fundo do rio, os insetos que se parecem com as folhas verdes das árvores; ou como as aranhas que, qual harpistas diabólicas, executam uma melodia irresistível em suas cordas e, assim, fazem vibrar a teia de uma espécie inimiga, como se ali houvesse se enredado um inseto — curiosa, a soberana da teia então se aproxima e caminha para a própria ruína; ou como a cascavel que, com seu chocalho, distrai o coelho do perigo mortal, ou os peixes das profundezas do mar que, com um sinal luminoso, despertam a curiosidade dos peixes menores, que dessa forma se deixam atrair para a armadilha. E de que forma as criaturas na natureza se protegem? Fazendo-se de mortas, como o besouro que se deita de costas. Ou por meio de espinhos, como os cactos e certas árvores ou animais como o porco-espinho, o ouriço, os peixes com espinhos capazes também de inflar-se de tal maneira a se tornar grandes demais para serem devorados. E há ainda a proteção pelo veneno, como é o caso das vespas, da urtiga e das cobras, pelas descargas elétricas, como os peixes-elétricos, por substâncias químicas malcheirosas, como os gambás, ou por um véu opaco de tinta, como as lulas e os polvos. Despistamento, astúcia, mimetismo — todos eles, elementos, honrados ou não, que Onoda quer aprender com a natureza, subordinados apenas e tão somente à condução da guerra e ao objetivo de sua luta. Em vez do ataque frontal portando uma bandeira, ele quer se fazer invisível, tornar-se um sonho intangível, um vapor que se dissipa prenhe de perigos, um rumor. Quer fazer da floresta mais do que floresta, uma paisagem com a aura do perigo, da morte à espreita.

Onoda e Shimada detêm pela última vez seu caminhão junto do hospital provisório de campanha. O desespero ali permanece imutável. O homem ferido a quem Onoda dera a granada de mão para detonar a munição encontra-se quase inconsciente. Das camas, os olhares o acompanham calados. Onoda manobra o caminhão junto do hospital. Ele e Shimada apoiam nos ombros pesadas mochilas e apanham seus fuzis. Presa ao cinto de Onoda, uma espada de samurai, propriedade da família desde o século XVII. Até o momento, sempre a acomodou com cuidado em todos os refúgios pelos quais passou. Os dois soldados batem continência para os feridos e desaparecem em silêncio na floresta, pelos montes que ali principiam.

Lubang, floresta

Fim de janeiro de 1945

Onoda e Shimada embrulharam-se em pedaços de vela besuntados com sujeira e estão acocorados na floresta, na mata densa junto de uma encosta. É noite, o trovejar distante da artilharia e explosões isoladas chegam até eles em ondas, como o mar que sobrepuja uma praia escarpada. Feixes de projéteis traçantes riscam linhas na escuridão. Uma grande fogueira pulsa, como se um animal enorme respirasse brasa. Onoda empurra para o lado um galho molhado. "Tilik. É como sabíamos que seria. Aí está a invasão."

Shimada hesita em dizer a verdade, mas, de agora em diante, a verdade é tudo o que é, ainda que ela vá se modificar, desenvolver vida própria. "Não destruímos a ponte de desembarque."

Onoda se cala por um momento. "Sinto uma enorme vergonha. Mas isso, nada vai mudar."

Shimada procura dizer algumas palavras consoladoras. "Este ataque parece tão grande, tão poderoso, que podemos ter certeza de que os americanos desembarcariam aqui com ou sem o píer, com ou sem uma resposta de nossas unidades."

No dia seguinte, Onoda e Shimada sobem até o cume dos Montes Gêmeos. À distância, à sua esquerda, a linha pálida do oceano. Ali em cima, unidades japonesas escavaram trincheiras, proteção suficiente para uma boa dezena de soldados. Dispersos, alguns estão acocorados no chão, apáticos, abandonados, desesperançados. Uma barraca foi montada nas proximidades, mas não tem ninguém dentro. Caixas de munição espalham-se ao redor, um saco aberto de arroz, utensílios de cozinha, tudo sem qualquer ordem discernível.

"De quem é o comando aqui?", Onoda quer saber.

"Estamos por nossa própria conta. E estou indo embora", responde um soldado, que, de fato, toma a iniciativa e deixa a trincheira.

Também ele tem um plano: ir para o sul, em direção ao fim da ilha, perto de Looc. Dali de cima, tinham podido ver grandes movimentações no mar, a leste, na direção de Manila. O desembarque do inimigo perto de Tilik, ele relata, havia de fato ocorrido em número considerável, mas, importante para os invasores americanos, acrescenta, era apenas o norte, onde estavam Lubang e Tilik. Onoda, por sua vez, está convencido de que vão tomar a ilha toda. O soldado, no entanto, põe-se simplesmente em movimento, e dois outros homens o seguem, saídos da trincheira lamacenta. Onoda não tem como detê-los. Negam-lhe obediência e põem-se em marcha. Os remanescentes afundam-se ainda mais em sua trincheira, evitando todo e qualquer contato visual com Onoda. Como pretendiam resistir, Onoda pergunta, fitando-lhes as costas, mais abaixo. Uma força militar gigantesca estava para chegar, apoiada por artilharia, lança-granadas e metralhadoras, sem falar na Força Aérea americana. Um soldado volta-se para Onoda. "Ao contrário. O apoio aéreo virá de nossa Força Aérea imperial."

Onoda já ouviu o bastante. Saca, então, sua espada e aponta para a floresta. "Sigam-me. Esta é a única possibilidade de dar sequência à luta. Aqui em cima não vai sobreviver ninguém, tampouco no sul haverá sobreviventes."

Ele penetra na floresta, no ponto em que ela é mais densa. Além de Shimada, ninguém o segue. Por um momento, as folhas se movem; depois, a parede de folhas verdes os engole.

Lubang

Fevereiro de 1945

O tempo, a floresta. A floresta não reconhece o tempo, como se os dois, tal como irmãos que se distanciaram, quase nada tivessem a ver um com o outro e, no máximo, se comunicassem sob a forma do desprezo. Dias seguem-se às noites, mas estações do ano na verdade não há; no máximo, meses de muita chuva e meses em que chove menos. Como constante eterna e atemporal, tudo na floresta sufoca tudo o mais, a fim de apanhar um pouco da luz do sol; se, de permeio, há noites sem luz, isso não muda nada na presença inexorável e acachapante da floresta. O canto dos pássaros e a estridência das cigarras, como se um grande trem deslizasse sobre os trilhos depois de acionado o freio de emergência e horas se passassem até ele se deter. Depois, como se ao sinal de um regente misterioso, calam-se todas, abruptamente; o coro, assustado, prende a respiração. Onoda e Shimada agacham-se ao mesmo tempo no emaranhado de folhas. Também os pássaros estão calados. Um aviso? Um perigo que se aproxima? Nenhum movimento. E o estrilar poderoso das cigarras retorna, todas a um só tempo, na mesma fração de segundo.

Shimada ousa sussurrar: "Eu sei onde fica o depósito de arroz".

"Junto do Monte da Serpente", Onoda supõe.

"Não, meio afastado de lá, no Monte Quinhentos." Shimada sabe muito bem. "Espero que o arroz ainda esteja lá."

O Monte Quinhentos é um mirante ideal, um dos pontos mais altos de Lubang e, ao contrário das outras elevações da ilha, um monte não tomado pela floresta. A corcunda do monte, projetada para a frente, parece uma cabeça arredondada, mas careca; apenas uma grama baixa cresce ali. Lá de cima, pode-se abarcar toda a porção norte e oeste da ilha. Onoda e Shimada passam um bom tempo imóveis, sob a proteção da floresta vizinha. Algo se move na beira da mata, abaixo de onde eles estão, um som. Eles persistem em sua imobilidade com a paciência de animais selvagens, incompreensível aos humanos. Para um gato imóvel em campo aberto, é coisa natural. E Onoda é agora um animal, um bicho malhado. Com seu binóculo, ele observa a floresta à sua frente sem fazer qualquer movimento. Depois, passa o binóculo para Shimada numa espécie de câmera lenta em que essa simples passagem parece durar minutos, semanas, como se o binóculo crescesse pacientemente da mão de um para a do outro. Ou são apenas estranhos segundos, jamais percebidos dessa maneira, que assumem a duração de meses?

Campos planos na parte norte da ilha, arroz, coqueiros, pequenas aldeias, cada uma com cinco ou seis cabanas sobre palafitas, os telhados cobertos com ramos de palmeiras. O grunhido distante de explosões. No extremo norte, uma névoa recobre a costa, sobre a qual assenta-se claramente uma névoa mais escura. Shimada descobre fogo no campo de aviação. Devolve o binóculo. De agora em diante a conversa entre eles assume a forma de um mero sussurrar. Onoda parece imperturbado. "Os americanos bombardearam a pista", sussurra, "a mesma de que precisariam para seus aviões. Isso é uma vitória. Nossa primeira vitória."

Animados, os dois soldados deixam seu esconderijo, Onoda sempre na borda da selva, a fim de dar cobertura a Shimada, que se move com cautela em campo aberto. Alcança, então, uma pilha de galhos secos de palmeiras, que vai afastando um a um. Debaixo dela, escondem-se recipientes de metal, todos vazios. À exceção do último, cheio de arroz. Ao lado, caixotes de madeira transbordam de munição, milhares de balas de fuzil, cintos com cartuchos para metralhadoras. Os dois tornam a esconder cuidadosamente seu achado. Onoda examina o arroz, segura uns poucos grãos na palma da mão à luz do sol. Nenhuma umidade, nenhum bolor. Em compensação, um tremor nas árvores próximas. A mão de Onoda treme também, mas não é propriamente um tremor, e sim como a pelagem de um cavalo que faz estremecer a pele para afastar varejeiras. Os grãos de arroz voam, mas aparentemente nada os varreu dali. Em seguida, uma onda de choque e, apenas longos segundos mais tarde, o trovejar de uma violenta explosão distante. De imediato, fica claro para Onoda que há de ter sido o hospital de campanha. Sem dúvida, os feridos o explodiram. Onoda e Shimada fazem uma reverência formal na direção de onde proveio a explosão e assim permanecem por um longo tempo.

Em seguida, põem-se a caminho pelas décadas que têm pela frente. Muitas vezes, andando de costas, para que suas pegadas apontem para a direção errada. E é assim que, pouco adiante, topam com dois outros soldados japoneses deitados no chão, fuzis em riste. Onoda e Shimada correm em busca de cobertura. Um dos soldados no chão, supondo terem chegado reforços, se levanta de um salto. De pronto, provenientes do outro lado, rajadas de tiros são disparadas em sua direção e, ao que tudo indica, o atingem mortalmente. O segundo soldado comete o mesmo erro e corre em zigue-zague na direção de Onoda, que abre fogo contra o inimigo invisível. Que o soldado não tenha sido atingido parece um milagre. Ele se joga entre Onoda e Shimada na pequena depressão à margem da floresta. Vozes de americanos que claramente estão batendo em retirada; a selva parece-lhes perigosa demais. Onoda impede o recém-chegado de ir resgatar o companheiro. Um morto seria apenas um fardo.

"Quem é o senhor?", Onoda pergunta.

"Primeiro-cabo Kozuka."

"E quem é aquele homem?"

"Cabo Muranaka."

"Eu sou o oficial responsável aqui. Se o cabo estiver vivo, eu o colocarei em segurança. Me dê cobertura." Onoda depõe sua mochila e puxa a espada. Como um samurai furioso, ele se levanta e, num ataque ritual, corre em direção ao inimigo, que, no entanto, já deixou para trás sua emboscada. Onoda alcança o soldado deitado com o rosto para o chão e vira seu corpo. O homem está morto.

Noite. Os soldados, agora três, alimentam uma pequena fogueira numa depressão da floresta, escondidos num emaranhado de galhos. Onoda se mostra ensimesmado. "Meu ataque com a espada foi como no cinema, como se eu fosse um ator num filme sobre samurais. Um erro imperdoável. Esta guerra é outra coisa, gestos de heroísmo não estão entre nossas missões. Precisamos ser invisíveis, enganar o inimigo, temos de estar prontos para fazer coisas que parecem indignas, sem que, em nossos corações, nos esqueçamos da dignidade do guerreiro."

Os homens cozinham um pouco de arroz. Comem. Silenciam. Depois, Kozuka relata que integrava a guarnição do campo de aviação, composta de sete homens. Quatro outros haviam se juntado a eles, mas, horas mais tarde, se separado. Tinham ficado sem comando. Onoda quer saber como se dera a emboscada. Kozuka conta que ninguém esperava que o inimigo viesse do sul. Devia ter desembarcado ali vindo do mar. Sentiam-se seguros, até que se viram sob fogo. Somente ele e Muranaka tinham se salvado, subindo para uma área mais elevada.

"Quem foi morto? Conheço os soldados?", Onoda quer saber.

"Ito, Suehiro, Kasai."

"Kasai eu conheci", ele diz.

"Tombou com um tiro na cabeça. Osaki também, e, agora, Muranaka. Éramos colegas de escola."

Os homens se perdem no silêncio. Kozuka está tão faminto que raspa a panela vazia com o dedo. Tinha comido pela última vez três dias antes, ao abandonar o campo de aviação. Onoda quer saber o que aconteceu então com o campo, porque tinha visto um incêndio.

"Caças americanos atacaram sem que houvesse defesa de nossa parte e atiraram nos aviões de mentira que estavam lá", Kozuka informa.

"Fui eu quem os colocou lá", Onoda observa.

"Então foi o senhor que enganou o inimigo."

Onoda não sorri. "Os próprios americanos destruíram a base para seus ataques futuros."

Kozuka hesita antes de prosseguir com seu relato. "Não destruíram de fato a pista de pouso."

"O que quer dizer isso?"

"Não lançaram bombas. Não abriram nenhuma cratera."

"Mas..."

"Puseram fogo nos aviões de mentira atirando lá do alto com metralhadoras. A pista praticamente não sofreu nem sequer um arranhão."

Onoda se cala. Passado algum tempo, olha o novo companheiro nos olhos. "Perdi minha honra. Primeiro, o píer em Tilik, que não foi destruído, e agora o campo de aviação. De agora em diante, tudo precisa ser feito de imediato: atacar o inimigo, impor-lhe perdas e bater em retirada."

Kozuka se integra como que naturalmente à tropa minúscula, agora de três homens.

"Todos nós, em Lubang, sabemos que seus superiores o impediram de levar a cabo seus planos no píer de Tilik, senhor. Podemos ainda cumprir muitas missões. A três, podemos lutar de várias formas contra o inimigo. Como é que ele vai nos achar? Os americanos fazem patrulhas pesadas demais, lentas, e têm medo da selva."

À noite, tendo os homens montado uma barraca na mata e com Kozuka roncando irregularmente, Onoda se aproxima em silêncio de Shimada, que está de vigília. Ponderam brevemente se devem afinal manter consigo o recém-chegado. Mas está claro para eles que o homem é forte e, além disso, não tem mais sua unidade nem um objetivo. Onoda acha que ele ainda precisa provar seu valor. Na manhã seguinte, parece ter desaparecido. Mas quando Onoda pergunta baixinho por ele a Shimada, os dois ouvem a voz de Kozuka. Está ali perto, de vigília, camuflado de tal forma com folhas que parece ter se unido à floresta. Além disso, encontrou água fresca, apenas alguns minutos mais abaixo da posição em que estavam. Já tinha inclusive fervido uma panela, que recobriu com uma folha de bananeira. E conta que, uma vez tendo deixado sua guarnição, quase todos, ele e os demais homens, haviam tido diarreia depois de beber água dos riachos. Por todos os anos vindouros, a luta pela própria saúde será determinante. Quando não bebem água da chuva diretamente das grandes folhas, sempre fervem a água antes de bebê-la.

Lubang, perto de Tilik

Fim de fevereiro de 1945

Ali ficava o hospital provisório de campanha. Onoda e seus companheiros sondam a área cuidadosamente. A pequena localidade de Tilik, ocupada pelos americanos, não é longe. Nada ali denuncia o que aconteceu há pouco. No alto de uma árvore, Onoda descobre algo surreal: uma bota cujos cadarços enroscaram-se num galho. É uma bota do Exército japonês. Somente ao aproximar-se, deixando para trás a proteção de seu esconderijo, os soldados veem algo que os faz gelar. Estão diante de uma cratera cujo fundo juntou água. Não restou nada, nenhuma barraca, nenhum cadáver, nem mesmo partes de corpos — tudo se desfez em vapor, uma transformação direta de matéria em calor. Calados, os três batem continência.

Onoda sabe que só poderão sobreviver se avançarem para uma área aberta, a fim de se abastecer. A selva nada concede. A necessidade de obter víveres os faz vulneráveis. Seus avanços precisam ser rápidos e certeiros, depois de paciente exame da situação. Na planície, ficam visíveis ao inimigo, moderadamente seguros estão apenas à noite ou em meio a chuva torrencial. Ao cair da noite, os soldados caminham furtivamente por um palmeiral e se surpreendem quando uma menininha com um cachorrinho passa bem perto deles. Ela não os vê, está cantando. O cachorro late na direção de Onoda, mas segue a menina, que aperta o passo porque, de novo, começou a chover.

Os homens levam consigo os cocos que encontram espalhados pelo chão. A casca verde e grossa ainda os envolve. De noite, em seu esconderijo, os soldados tentam removê-la. Kozuka experimenta fazê-lo com sua faca, Onoda espeta a casca em vão com sua baioneta; aquilo não se aprende na academia militar. Shimada é quem encontra uma solução. Ele apoia a ponta que prendia o coco à árvore numa pedra chata e, com outra pedra, grande, golpeia o bico da casca voltado para cima. A casca grossa se abre. Agora, com uma faca e sem esforço, é possível extrair do coco a espessa camada de fibras verdes.

"Vejo que o jovem camponês conhece a solução do problema", diz Onoda.

"Não", Shimada brinca, "é inteligência mesmo. Em nossa propriedade no campo não tínhamos coqueiros."

Pela primeira vez, um momento de leveza. O peso das décadas vindouras vai extinguir por completo momentos assim, tanto quanto agora faz com esse também. Um barulho. Os homens paralisam-se, interrompem seus movimentos. Kozuka aponta para a própria orelha, faz um gesto leve com a cabeça: ali, mais abaixo. Cauteloso, Onoda apanha seu fuzil. É o ruído de um homem aproximando-se? Nada se mexe, apenas a água da chuva pinga dos galhos.

"Me dê cobertura", Onoda sinaliza para Kozuka; apenas move os lábios, nem chega a ser um sussurro. De um salto, Onoda precipita-se adiante. Uma rápida briga de mãos numa brenha pouco abaixo do acampamento onde se encontram. Um grito, a voz desconhecida de um japonês.

"Sou um de vocês. Sou amigo, japonês. Quem são vocês?"

"E quem é o senhor?", Onoda grita.

"Akatsu. Cabo Akatsu. Eu era parte da tropa remanescente do campo de aviação, sob as ordens do cabo Fujitsu."

"E por que não está com sua tropa?"

"E onde está sua arma?", acrescenta Shimada. "Aqui, só temos uso para homens armados."

Akatsu se desculpa. "Nossa partida foi tão súbita que não pude trazer comigo meu fuzil."

"Um soldado não existe sem sua arma. Ela é parte do seu corpo", Onoda ensina. "Ainda tenho um revólver na minha mochila, mas quase não tenho munição para ele."

Shimada mostra-se mais hostil ao recém-chegado. "Por que não volta para sua unidade?"

"Minha unidade foi aniquilada. Os poucos que restaram deixaram a ilha", diz ele, tirando os óculos. "No escuro, não vejo nada. Sou quase cego à noite", ele limpa as lentes com o lenço que traz enrolado no pescoço. "E, quando chove, meus óculos embaçam. Peço que me deixem ficar com os senhores."

"Pode ficar até amanhã cedo. Depois, decidimos o que será do senhor", Onoda, sucinto, informa.

Durante o longo anoitecer, Onoda e seus dois homens ficam sabendo da história de Akatsu. Sua unidade já quase não tinha comida, e o pouco que tinha ia desaparecendo paulatinamente. Akatsu tinha certeza de que alguns homens da própria unidade a roubavam. Tentaram redirecionar a suspeita para ele, de quem queriam se livrar por ele ter compreendido o que se passava. Mandaram-no embora duas vezes, mas ele voltou, porque não tinha como sobreviver sozinho. Depois, incauta, grande parte da tropa marchou diretamente rumo a um acampamento de soldados filipinos, que de pronto abriram fogo. Cinco homens tombaram, outros se entregaram e o restante, cerca de quarenta, conseguiu ainda alcançar uma barcaça de desembarque. Ele e dois outros homens — na prática, como ele, excluídos da tropa — permaneceram incólumes, mas os dois o abandonaram ao longo da noite seguinte. O inimigo tentou convencer os dispersos a se entregar, anunciando em

japonês por alto-falantes um local específico em que soldados japoneses poderiam fazê-lo, mas Akatsu não conseguiu
encontrá-lo.

"Cabo Akatsu", Onoda perguntou, "o senhor sabe nos dizer
para que lado fica o norte?"

Confuso, Akatsu olha em torno. Não, mesmo com a maior
das boas vontades, não saberia dizer.

"Soldado Kozuka, para que lado fica o norte?", Onoda se
volta para o companheiro. Kozuka faz apenas um movimento
casual com a cabeça em determinada direção. Shimada assente,
confirmando a correção da direção apontada. Onoda saca seu
revólver da mochila e o entrega a Akatsu. "O senhor sabe ma-
nejar um revólver?"

Akatsu fica sem jeito. "Bem, na verdade, não, só mais ou
menos."

"Vou precisar ensiná-lo", diz Onoda, com o que Akatsu é integrado provisoriamente à tropa.

Depois de uma noite apertada na barraca, pequena demais para
quatro homens, Onoda decide abrir mão dela; é bagagem demais e, além disso, facilmente reconhecível pelo inimigo. De
agora em diante, não farão mais pausas de vários dias para descanso, Onoda está sempre em movimento, inclusive durante a
noite. Akatsu logo tem problemas para acompanhar os demais,
muitas vezes perde contato com os que vão na frente. Ele se
desculpa com Onoda. "Tenente, faço o melhor que posso, mas
nunca estive na selva."

"Nenhum de nós esteve", Onoda dispara, mas sente com-
paixão por Akatsu, cujos pés estão sangrando, porque as botas não lhe servem.

"Isto aqui é um inferno verde", Akatsu observa, resignado.

"Não", Onoda corrige, "isto aqui também é só uma floresta."

Lubang, posto de observação em Looc

Outubro de 1945

Íngreme, a floresta ali se precipita lá para baixo. De lá, a planície de Looc se estende até a costa sul. Coqueiros, arrozais, um deles isolado, não integrado ao mesmo sistema de irrigação dos outros, o campo da "mulher de véu branco". Névoa. A cidadezinha de Looc se perde na baía arenosa e ampla. Não se vê conexão por terra com a porção norte da ilha. Nenhum navio na baía, como se tropas americanas jamais tivessem desembarcado ali. Bem longe, a ilha de Golo e, a leste, a de Ambil, ambas terreno inútil, assim como também Lubang foi e voltou a ser terreno inútil. Apenas nos planos militares abstratos e irrealistas de concentração de tropas concede-se a Lubang o status de ilha, e seu paradoxo é que ela é povoada por espíritos. Onoda e seus homens põem-se à espreita.

Uma brisa sopra pela floresta, fios de teias de aranha passam voando de mansinho e, com eles, os meses que nada detém, nem um único galho trêmulo, nem uma única gota de chuva. Nada se passou; duas ou três vezes, um respirar.

Meses mais tarde: o mesmo lugar, de novo a tropa minúscula, de novo o observar imóvel da planície abaixo do posto de observação. Onoda e seus três soldados mudaram, estão mais bem disfarçados, os cabelos desgrenhados, roupa, equipamento e botas camuflados com lama. Tornaram-se parte da selva. Onoda encarrega Akatsu de ir buscar água num riacho pouco abaixo de sua posição atual, e, estando este a uma distância que já não lhe permite ouvi-los, os três homens discutem o que fazer com ele. Shimada revela-se indeciso, mas Kozuka recomenda que se livrem dele. Em segredo, argumenta, é o que todos querem, porque, tendo-o como um fardo constante, quatro homens tornam-se mais fracos que três. Mas Onoda toma outra decisão: ainda que Akatsu seja um peso, é um soldado como todos os demais.

"O cabo me abandonaria, se eu ficasse doente?", ele pergunta a Kozuka. Este, porém, apressa-se em asseverar que, se assim fosse, carregaria o tenente até mesmo nas costas. O barulho distante de um avião pequeno que se aproxima, vindo de Looc, paralisa os três homens, os transforma em parte do matagal. Onoda o observa com seu binóculo. Quando o avião alcança o aclive na floresta, perto de onde eles estão, de repente lança o que parece ser uma carga de confetes, papeizinhos que o vento espalha.

Akatsu demora bastante a regressar de sua missão, e os três homens começam a se perguntar o que poderia ter acontecido com ele. Será que se perdeu? Será que o avião o assustou? À noitinha, algo por fim farfalha na mata. Akatsu se identifica, antes que os próprios companheiros o recebam a bala. Desculpa-se por ter derramado parte da água ao procurar abrigo por causa do avião. Tinha percebido que este provavelmente havia lançado panfletos. Ele próprio vira um deles enroscar--se no alto de uma árvore perto dele. Alcançara-o escalando--a com muito esforço, mas fora atacado por formigas, lava-pés. Na verdade, as mãos tinham inchado e os gânglios linfáticos, aumentado e endurecido nas axilas. Havia tido febre, mas encontrara o caminho de volta porque, tendo sempre Looc como ponto de referência ao sul, sabia para que lado ficava o norte e onde os companheiros estavam. Com os dedos doloridos, Akatsu tenta tirar do bolso junto do peito o panfleto dobrado, mas seus dedos estão tão inchados que Onoda precisa ajudá-lo. O panfleto é de papel barato, e o texto nele está em japonês.

Os homens o estudam com todo o cuidado. Assina-o o general Yamashita, 14º Exército, e a data é 15 de agosto. Diz ali que a guerra acabou.

"Mas já estamos em outubro", Kozuka, pragmático, constata. "E aqui não diz quem ganhou." Além disso, há algo que, a partir de dúvidas em si isoladas, mas convincentes, vai se adensando numa verdade que parece coerente: são os erros em certos ideogramas japoneses. Onoda é o primeiro a notar. Todos os soldados japoneses devem deixar a floresta em direção a "regiões abertas" e entregar as armas ao Exército filipino; a formulação soa como uma tradução ruim feita por alguém que, na verdade, não fala japonês. E um outro erro: "Vamos transmitir vocês para casa, para o Japão". A conclusão clara que se pode tirar daí é a de que o panfleto é uma falsificação, isto é, de que ele foi escrito, pode-se supor, pelo serviço secreto americano. Um erro de impressão é coisa que se pode excluir, ainda que os ideogramas japoneses para "retornar, levar de volta" e "transmitir" sejam parecidos. A questão que se coloca é por que as forças aéreas inimigas seguem lhes dando caça, e por que as tropas filipinas em terra ainda há pouco tempo matavam soldados japoneses em emboscadas, como mostra o exemplo de Akatsu. De todo modo, Akatsu entretém ainda um vestígio de dúvida: e se a guerra de fato terminou? Em Onoda, porém, consolida-se a crença de que tudo aquilo só pode ser um truque para atraí-los para fora da selva.

"Mas, e se realmente perdemos a guerra?", Akatsu, hesitante, torna a perguntar. Isso, contudo, apenas fortalece em Onoda sua grande certeza de que as tropas japonesas um dia retornarão em triunfo a Lubang. A ilha, afirma, possuía grande valor militar; a partir dali o Japão ia lutar para conquistar de volta todo o Pacífico e além, e nada poderia detê-lo. Sua missão — a de Onoda e de seus companheiros — era irrevogável, ele diz.

Uma longa pausa se estabelece. Shimada mastiga um cipó. Kozuka entalha um pedaço de madeira. Onoda olha em torno. "Alguém aqui deseja se entregar?" Ele olha Akatsu nos olhos. "Cabo Akatsu, eu o deixaria ir, se este for o seu desejo. Não vou obrigá-lo a nada."

O que pensam os outros, Akatsu quer saber.

"Tenente, se o senhor vai seguir lutando, fico com o senhor."

"E o senhor, cabo Kozuka?"

"Vou ficar."

Onoda torna a se voltar para Akatsu. "Cabo?"

"Também vou ficar. Para onde iria, sozinho?"

Logo em seguida, outro panfleto fortalece a crença já quase religiosa de Onoda em falsificações e na ignorância do inimigo. O texto fala da província de Wakayama, a terra natal de Onoda, como se quisessem amolecê-lo com sentimentos nostálgicos. Para ele, a prova definitiva é a menção do antigo nome de seu batalhão. O nome só tinha sido modificado poucas semanas antes da retirada estratégica dos japoneses; Onoda não sabe dizer exatamente por quê, mas o novo nome soava mais corajoso, mais vitorioso: "O berço das tempestades. Temos de atingir o inimigo como um tufão e varrê-lo para longe".

Começa então uma coisa que é como se, por acaso, sem despertar a atenção, um acompanhante permanente se juntasse a esse quadro, um irmão natural do sonho dotado das certezas do sonho: um tempo informe de sonambulismo, embora, em seu presente, tudo seja real, imediato, palpável, sinistro e impreterível — a selva, o lamaçal, as sanguessugas, os mosquitos, a gritaria dos pássaros, a sede, a coceira na pele. O sonho tem seu próprio tempo, um tempo que se desenrola a toda

46

velocidade para a frente e para trás, estanca, para, prende a respiração, salta subitamente como um animal selvagem que, desprevenido, toma um susto. Uma ave noturna canta, e todo um ano se passou. Uma gota d'água sobre a folha cérea de uma bananeira apanha por um instante um raio de sol, e outro ano se foi. Uma trilha de milhões e milhões de formigas, vindas do nada ao longo da noite, avança entre as árvores, sem que se possa jamais encontrar sua origem ou seu fim; o cortejo marcha imperturbável por vários dias e desaparece tão abrupta e enigmaticamente como surgiu; de novo, um ano inteiro se passou. Depois, uma única e mesma noite de vigília sob a pressão enorme de um poder hostil que armou emboscadas por toda parte e que nunca chega ao fim. Somente as luzes súbitas de projéteis traçantes e o dia que se recusa a amanhecer, mesmo quando se pode acompanhar o ponteiro do relógio e ver todo o céu noturno girando em torno da estrela polar. O dia não vem, não vem e não vem. O tempo, fora de nossa vida, parece possuir a qualidade dos ataques abruptos, sem a capacidade de sacudir o universo de sua indiferença. A guerra de Onoda é insignificante para o universo, para o destino dos povos, para o curso da guerra em si. Ela se compõe da união de um nada imaginário com um sonho, mas essa sua guerra, produzida por nada, é um acontecimento arrebatador, arrancado da eternidade.

Lubang, selva, rio Agcawayan

Novembro de 1945

Nas montanhas, com a espessa floresta a vicejar, o rio é apenas um riacho cristalino escorrendo em cascatas sobre pedras chatas; é somente entre o lugarejo de Agcawayan e a aldeia de Dez Casas que ele se torna indolente, pantanoso e largo. Onoda e seus soldados lavam sua roupa sem jamais se despirem por inteiro, sempre prontos para uma situação inesperada. Um deles, Kozuka, fica de vigília. O casaco do uniforme de Onoda está em mau estado. Um dos bolsos no peito já foi quase arrancado. Mas não são tanto os espinhos, a mata ou a fadiga do movimento constante que estragam a roupa, e sim a putrefação na selva, a umidade que tudo decompõe.

Não muito longe de Dez Casas, uma pequena ponte atravessa um pântano. Na parte de baixo da grade da ponte, feita de varas de bambu, Kozuka encontra um chiclete colado. Um chiclete mascado. A questão é se foi um dos habitantes locais ou um soldado americano a colar o chiclete ali. Onoda e seus homens sabem que aldeões não mascam chiclete nas Filipinas, isso seria altamente improvável. Observam que esse costume singular é típico dos soldados americanos. Há ainda, portanto, soldados americanos estacionados em Lubang? Há quanto tempo o chiclete está colado ali? Há dias? Meses? Como se comporta o chiclete exposto por longo tempo às intempéries dos trópicos? Um exame mais atento e alguma intuição permitem discernir a marca de um molar e, bem junto dele, a de outro dente, ligeiramente atrofiado. Tudo indica tratar-se de um dente do siso, mas americanos têm dentes do siso? São, aliás, como as outras pessoas? Sua voz não é mais alta que a de outros seres humanos? E é possível que aquele chiclete tenha sido posto ali para ser descoberto, para atrair os guerrilheiros para uma pista falsa? O que fazer? Akatsu gostaria de mastigá-lo um pouco, a fim de ter uma ideia, um sentimento do que seja um chiclete. Mas que sentimento é esse, o de mascar um chiclete? O que sentem os americanos, se é que são capazes de sentimentos? Onoda determina que deixem o chiclete exatamente onde está, intocado.

Meses mais tarde, reencontra o mesmo chiclete no mesmo lugar, mas tem certeza absoluta de que agora ele se encontra colado a cerca de um palmo de distância da posição anterior, além do quê, parece ter sido mais achatado. Segue-se um longo debate a esse respeito, mas Onoda se lembra com a máxima exatidão a que distância do pilar o chiclete estava colado na parte de baixo da grade de bambu. Isso só pode significar uma coisa: mascaram de novo o chiclete e tornaram a escondê-lo. Kozuka puxa Onoda de lado e lhe confessa uma suspeita. Podia ser que Akatsu, inobservado, tivesse experimentado o chiclete? E: podia o chiclete estar envenenado ou conter alguma droga capaz de enfraquecer corpo e espírito? Ou será que Shimada tinha experimentado o chiclete em segredo e queria agora desviar a suspeita para Akatsu, a fim de livrar-se dele? Chamado a prestar contas, Akatsu nega ter alguma vez tocado no chiclete. Confrontado com a mesma pergunta, Shimada, ofendido em sua honra, recolhe-se por vários dias para dentro de si mesmo. Ademais, a unidade dos homens fica perturbada por um bom tempo, porque Onoda não faz a mesma pergunta a Kozuka, como se este fosse o único acima de qualquer suspeita.

De volta ao tempo — à tropa de Onoda, que se aproxima com cautela de Dez Casas. As poucas cabanas foram todas construídas sobre palafitas. Reina sobre tudo a calma noturna, ouvem-se as vozes dos moradores. Galinhas ciscam imperturbadas na areia, bem na frente de Onoda. Surge apenas um cachorro, que, de certa distância, late sem grande convicção para os intrusos. Onoda ergue-se de um salto e dispara contra um dos telhados de ramos de palmeiras, pedaços voam pelos ares. Ao mesmo tempo, as galinhas saltam do chão, dispersando-se. Dois ou três novos disparos em rápida sequência. Gritos dos aldeões.

"Cessar fogo!", grita Onoda. "Deixem que fujam." Quando todos desaparecem na poeira do caminho rumo a Tilik, os homens de Onoda vasculham as cabanas. Onoda não permite o saque. Quando Kozuka está prestes a guardar na mochila uma lata cheia de açúcar, Onoda o adverte de que não são ladrões, e sim soldados. A tropa coleta para si apenas uma chave de fenda, arame, uma agulha de costura, fósforos e alimentos básicos, como arroz. De um varal, Shimada apanha só umas poucas peças, uma toalha e algum tecido que possa ser empregado para remendar seus uniformes. Akatsu encontrou uma grande guna. Então, de repente, o som de um caminhão o assusta. Já antes que possa vê-los, o inimigo põe-se a atirar. Akatsu revida às cegas com seu revólver, assim como Shimada dispara a esmo na direção do inimigo invisível.

"Cessar fogo!", grita Onoda.

Mas Shimada continua atirando. "Estão mirando em nós!"

Onoda segura-lhe o braço. "Estão com medo, nem sequer podem nos ver. Estão só fazendo barulho."

Uma bala arranca um galho sobre a cabeça de Shimada, um policial filipino busca abrigo atrás de uma carroça carregada. Onoda atira nele, que se retira rapidamente com seus homens. De novo na selva, a pequena tropa de Onoda avança depressa. Akatsu fica para trás. Kozuka quer aliviá-lo da mochila, mas Onoda o proíbe. Todo homem tem de carregar seu próprio fardo. Deixa, então, a trilha lamacenta e se enfia pelo íngreme aclive da floresta.

Lubang, floresta, Monte da Serpente

Dezembro de 1945

Os homens esparramam seu butim sobre um pano de vela, tudo tem importância para sua sobrevivência. Uma sensação de alívio reina no acampamento provisório. Anoitece na selva. Os fósforos, no entanto, estão úmidos. Shimada explica aos outros que não têm mais utilidade. Ainda que os secassem ao sol, não acenderiam mais. Kozuka se pergunta como é que ele sabe disso. Tinha sido criado no campo, Shimada responde.

Quando a noite chega, Onoda dá instruções, dizendo que a partir daquele momento precisam dormir à noite. Ele se arrasta para debaixo de um arbusto, o terreno descai ligeiramente.
   "Procurem um lugar inclinado. Quando um inimigo se aproximar, os senhores já o veem sem que precisem estar de pé. O fuzil deve estar sempre ao lado e ao alcance da mão. Cubram-se sempre com um pano de vela camuflado, as pernas erguidas sobre a mochila. Assim, não vão escorregar enquanto dormem. Mantenham a mochila sempre pronta. Precisam estar preparados para desaparecer em poucos segundos. O lixo e nossas próprias fezes devem ser enterrados de imediato e recobertos cuidadosamente com ramos e folhas. Ninguém pode jamais descobrir uma única pista de onde foi que dormimos. Ninguém jamais deve saber onde passamos a noite ou estivemos." Os homens se calam, compreenderam tudo. Em seguida, Onoda deixa claro como vê o papel de cada um.
   "Eu não sou seu superior. Os senhores não me foram designados oficialmente. Mas sou seu comandante."

***

Na manhã seguinte, os homens consertam sua roupa e seu equipamento. Kozuka, que desmontou seu fuzil, constata que uma fina camada de ferrugem recobre tudo, a umidade da selva penetrou por toda parte. Onoda retira com cautela sua espada da bainha, e também ali formou-se um pouco de ferrugem. Os cocos estão por todo lado, mas como se obtém óleo de palma? Ninguém sabe, nem mesmo Shimada. A tentativa de esmagar um pedaço da polpa branca do coco entre duas grandes pedras não produz resultado algum. Kozuka, porém, se lembra de um cozinheiro que trabalhara num restaurante italiano na Europa e que, mais tarde, havia sido vizinho da pequena sapataria de sua família. Lembra-se de que esse cozinheiro certa vez falara sobre o rótulo de *extravergine* do azeite de oliva italiano. E o que isso tem a ver com os cocos, Onoda quer saber. Kozuka se lembra de sua conversa com o cozinheiro: o azeite extravirgem era caro, informa, porque as azeitonas não eram cozidas. Na verdade, acrescenta, o azeite de oliva era, portanto, produzido a quente. Vai levar semanas até que os soldados consigam destilar óleo de palma. Para tanto, em primeiro lugar, apanham uma grande panela numa aldeia; depois, trituram a noz e aquecem a pasta crua misturada com água em fogo bem forte. Como a fumaça é visível de longe, precisam esperar um dia em que a floresta esteja enevoada. De início, forma-se uma espuma espessa e, depois que ela se assenta, uma camada de óleo que se pode escumar com cuidado. Daí em diante, Onoda mantém sua arma de fogo e a espada familiar em excelente estado, e isso por quase trinta anos. A munição, também sujeita a deteriorar-se, é conservada em pé no óleo, dentro de uma compoteira roubada que é enterrada na selva; no total, duas mil e quatrocentas balas de fuzil, várias centenas de balas de revólver e ainda algumas centenas de cartuchos de grande calibre para metralhadora. Onoda insiste em que não os joguem fora, porque logo eles se revelarão úteis para fazer fogo. Sim, porque como fazer fogo sem que se tenha um estoque constante de fósforos secos? Malogram muitas das tentativas de girar rapidamente com as palmas das mãos um bastão pressionado contra um pedaço de madeira seca, a fim de produzir calor suficiente para gerar brasa. Onoda tinha aprendido aquilo em seu treinamento para guerras especiais, mas, ali, tudo se mostra demasiado impregnado de umidade.

Somente meses mais tarde, ao observarem de binóculo e de um esconderijo lenhadores filipinos, eles aprendem o método utilizado pelos habitantes da ilha para fazer fogo ao ar livre. Em sentido longitudinal, partem em dois pedaços um bambu da largura de um braço e, com cunhas, fixam a ponta de uma metade no chão, formando uma espécie de trilho. Na outra metade, abrem com cuidado uma fenda transversal que mal penetra o bambu. Então, dois homens, ajoelhados um defronte do outro, apanham essa metade livre, encaixam a fenda no trilho e começam a esfregá-la rapidamente de um lado para outro. A pressão e o atrito produzem tanto calor que um pedacinho do bambu friccionado por fim começa a arder. Quando a umidade é grande ou chove, Onoda acrescenta ali pequena quantidade de pólvora retirada dos cartuchos para metralhadora, que, de resto, não teriam utilidade. Depois de esfregar um pouco e com vigor, uma pequena chama se acende.

No curso de uma retirada, Akatsu, que já havia ficado para trás, desaparece. Kozuka, enviado em seu encalço, não consegue encontrá-lo. Começa uma chuva pesada. A lama recobre os pés dos homens, que buscam refúgio debaixo de uma grande árvore; mosquitos, sanguessugas. Mesmo grandes folhas erguidas sobre a cabeça são incapazes de impedir que a chuva impregne tudo. Seu rugir portentoso, monstruoso, tudo cala, os homens, a natureza.

Lubang, topo do Monte Quinhentos

Fim de 1945

Como, passados dois dias, Akatsu continua desaparecido, Onoda, Shimada e Kozuka tornam a enterrar toda a munição, para que Akatsu, caso caia nas mãos do inimigo, não possa revelar o esconderijo. De todo modo, a selva nas proximidades do monte escalvado é mais apropriada para tanto, porque, da floresta, tem-se vista livre para o topo desprovido de árvores. Somente em considerável superioridade um inimigo se aventuraria por ali. Onoda torna a lubrificar sua espada e embrulha bainha e cabo com palhinha antes de fincá-la na vertical no oco de uma árvore. Depois, veda cuidadosamente o esconderijo com terra e folhas.

Akatsu surge de repente, vindo direto da trilha na selva que conduz ao topo do monte. Está imensamente aliviado por ter reencontrado sua unidade, ainda que tenha deixado uma pista clara no caminho até o topo. Conta que perdeu o contato quando uma alça de sua mochila se rasgou. Mostra o conserto provisório que fez com casca de cipó. Tinha se perdido, chegara quase até Tilik antes de perceber seu erro. Mas, de volta ao Monte da Serpente, não encontrou mais ninguém, de forma que simplesmente pôs-se a vagar ao acaso. Cinco anos mais tarde, no começo de 1950, Akatsu abandonará para sempre sua unidade, entregando-se a soldados filipinos.

A grande distância, ouvem tiros de fuzis acompanhados das explosões abafadas de granadas. O inimigo encontrou as pegadas de Akatsu, mas Onoda não se deixa perturbar. Granadeiros só são empregados quando se sabe a posição do inimigo, mas aquilo visa apenas a fazer barulho, um sinal de medo, uma indicação para a população local de que estão corajosamente atacando os guerrilheiros japoneses. Perigo existiria apenas no silêncio. A ilha de Lubang é tão pequena que se podem montar ali emboscadas até mesmo em vários pontos ao mesmo tempo, redes inteiras delas. Nos quase trinta anos de sua guerra solitária, Onoda sobreviverá a um total de cento e onze ciladas.

Apenas três meses após a capitulação de Akatsu, Onoda e sua unidade composta de dois homens observam, abaixo do Monte Seiscentos — de onde se avistam a aldeia de Gontin e a baía da aldeia de Uma Casa —, um caminhão carregado de grandes caixas de madeira tomar posição. Verifica-se, então, que se trata de alto-falantes. Soprados de longe pelo vento, chegam fragmentos de uma voz; é difícil compreendê-la, mas claramente fala japonês. Depois de ouvir com atenção, os homens concordam que há de ser a voz de Akatsu, asseverando que teria sido tratado com respeito. Contudo, é possível também que tenham usado um imitador. Onoda suspeita que torturaram Akatsu para fazê-lo falar. A voz torna a surgir, tudo indica que provém de um gravador; ela assegura que os filipinos vão soltar Akatsu e deixar que ele volte para casa, mas, em Onoda, consolida-se cada vez mais a crença de que tudo não passa de uma artimanha do inimigo para levá-lo a se entregar. Assim como o vento leva embora a fumaça, um golpe de ar carrega consigo aquela voz. E, logo a seguir, também os sinais de que a guerra vai prosseguir adquirem contornos claros. As atividades no ar e os movimentos da Marinha indicam um deslocamento do teatro da guerra para o oeste. Mas essa já seria a guerra seguinte dos americanos.

Arrozal, planície no norte de Lubang

Começo de 1946

Os arrozais estendem-se aqui quase até a borda da selva. Numa lagoa, alguns búfalos selvagens chafurdam, mergulhados até o dorso na água lamacenta. Vez por outra, um deles balança as orelhas. Numa vereda, um único búfalo atrelado a uma carroça, a cabeça bem para baixo, como se dormisse em pé. Um pequeno grupo de arrozeiros usando apenas grandes chapéus de palha, camisa e tanga trabalha curvado para a frente, as pernas metidas na água até as panturrilhas. Quando um deles dá um passo adiante, ouve-se o murmúrio estalado da água; de resto, nenhum som, trabalham em silêncio, feito mudos. Sem dizer uma palavra, enterram mudas frescas de arroz na lama sob a água. A não ser pelo fato de o dia aproximar-se do fim, o tempo não se manifesta, como se fosse algo proibido — nem mesmo um presente real parece existir, porque cada gesto executado com a mão já é passado, e cada um dos que se seguem, futuro. Todos ali estão do lado de fora da história, que, em seu recato, não admite presente nenhum. Planta-se, colhe-se e planta-se de novo o arroz. Reinos se desvanecem na névoa. Silêncio. Na mudez de eternidades, de repente ressoam tiros. Os camponeses fogem.

Na beira da selva, Onoda e seus dois soldados saem para campo aberto. Cada um sabe o que tem a fazer. Onoda ainda dispara um tiro na direção dos fugitivos; sem cerimônia, Kozuka mete uma bala na cabeça do búfalo que puxa a carroça; de pronto e com movimentos rápidos das mãos, Shimada corre a arrancar as patas traseiras do animal morto. Estão treinados, já fizeram tudo isso diversas vezes. Kozuka corta longas tiras de carne ao longo da coluna vertebral. Da aldeia distante, não chegam agressores. Entediados, os búfalos na lama não esboçam qualquer reação. Depois, carregados do pesado butim, os soldados batem em retirada. À carga de carne sobre sua mochila, Onoda junta ainda toda a perna traseira do búfalo, que carrega nos braços, como se levasse um ferido sangrando para um local seguro. Os homens sabem que, na escuridão que cai, nem sequer uma única tropa bem armada do inimigo vai segui-los floresta adentro.

"A névoa é nossa melhor amiga", Onoda comenta ao seguir alimentando com madeira a fogueira já fumegante. Toda a selva está envolta em névoa, uma chuvinha fina cai. Somente graças a ela podem os homens esconder a fumaça e, com esta, sua própria localização. Shimada volta e meia joga pedaços de casca de árvore no fogo, tingindo de branco a fumaça escura, precisamente a cor da névoa. De um suporte improvisado, pendem as tiras de carne para defumação. No clima úmido e quente, a carne não tratada apodreceria em um ou dois dias. Há um tempo para a carne, outro para o coco e outro para o arroz. Onoda assalta as colheitas, das quais confisca em geral dois sacos de arroz, não mais do que isso. Não quer que soldados inimigos invistam em grande quantidade contra ele, quer manter a ilha o mais livre possível de tropas filipinas. Ao retornar, o Exército imperial não deve encontrar tropas inimigas em demasia. Quando, certa noite, avança Tilik adentro, enfrenta uma troca direta de tiros. Há feridos do lado do Exército filipino, e Shimada é alvejado na perna esquerda, o que lhe dará muito trabalho. Desse momento em diante, aumenta bastante o número de soldados inimigos, a pressão sobre os três soldados japoneses incapturáveis faz-se sentir com mais intensidade. Nos locais pelos quais é muito provável que Onoda em algum momento vá passar são constantes as emboscadas, as rápidas trocas de tiros. O cuidado que ele toma é o de um animal selvagem. As encostas íngremes tomadas pela selva são bem seguras, mas já não há uma única fonte de água em Lubang na qual também o perigo não esteja à espreita. E, no entanto, há momentos em que Onoda, de súbito, deixa a selva para atirar por sobre as cabeças dos assustados aldeões, apenas para mostrar que ainda está ali, que segue mantendo a ocupação militar da ilha. Torna-se um mito. Para os nativos, ele é o espírito da floresta, dele só se fala aos sussurros. Para o Exército filipino, incapaz de capturá-lo, é uma lembrança constante dessa inaptidão, mas, ao mesmo tempo, as tropas falam dele com a mesma simpatia dedicada a uma mascote. Dois soldados que, ao topar com ele, miram deliberadamente bem acima de sua cabeça são advertidos. Mas há mortos do lado das forças filipinas e também entre os nativos. Onoda nunca se manifestou em detalhes a esse respeito, e tampouco as autoridades filipinas oferecem informações oficiais. No Japão, por sua vez, os jornais mantêm sua guerra solitária constantemente na consciência da população, aludindo ao mito do soldado corajoso e solitário, o que, ao mesmo tempo, mantém viva a lembrança dolorosa da derrota japonesa na guerra mundial.

Lubang

Estação das chuvas, 1954

Todo dia, Onoda e seus dois homens estão em movimento e não deixam em parte alguma a mais mínima pista. Somente nos três meses da estação das chuvas podem se considerar moderadamente seguros. Por certo, raras vezes tropas são despachadas em meio à chuva torrencial da temporada de tufões, e Onoda sempre erige para essa época um abrigo sólido de troncos finos que elevam o chão da cabana. Ele a constrói sempre onde a selva é mais densa e íngreme, e o telhado de ramos de palmeiras trançados nunca é completo, de modo a deixar semiaberto o lado voltado para o vale, a fim de que a todo momento se possam avistar inimigos aproximando-se.

Uma vala de esgoto protege o abrigo do lado de cima, e, lá fora, há ainda uma latrina. Os estoques de arroz, banana-da-terra verde e carne defumada ficam num nicho, muito bem protegidos. Os três gostam muito dessa época do ano, um tempo de contida despreocupação. Conserta-se o equipamento, o sono transcorre imperturbado, os dias não demandam esforço. Apenas uma vez, depois de anos, a estação das chuvas se interrompe por mais de três semanas, e uma tropa inimiga se aproxima perigosamente do esconderijo, mas sem descobri-lo. Depois, a chuva volta a cair e dura várias semanas além do habitual. Na incerteza de todos os dias, de todas as horas, a regularidade cria uma frágil sensação de segurança. Desavenças entre os homens quase só ocorrem quando a incerteza toma conta dos espíritos. Inteligente, Onoda as admite, até que a raiva se acalme por si só.

***

A estação das chuvas é também a de contar histórias. Kozuka é uma pessoa fechada, os companheiros não ficam sabendo quase nada a seu respeito, a respeito de sua família, da pequena sapataria e de sua jovem mulher, que estava grávida quando ele foi convocado para o Exército. Fica muitas vezes tentando adivinhar se é pai de um menino ou de uma menina, e não consegue se imaginar pai de um menino ou de uma menina de dez anos. Shimada é mais aberto, ri de bom grado, conta da vida na propriedade rural e sabe muito bem lidar com os utensílios do cotidiano. Mas os dois não se cansam de ouvir as histórias de Onoda, de sua família, de sua juventude. Mesmo depois de anos de convivência elas não se esgotam, porque Onoda só vai contando lentamente os detalhes nunca antes mencionados. Seus companheiros sabem que, seguindo o irmão mais velho até a China, ele, ainda jovem, já tinha ganhado muito dinheiro com um estabelecimento comercial em Hankou, mas só depois de mais de duas décadas, como se se tratasse do maior dos embaraços, ele admitiu que, aos dezenove anos, tinha sido proprietário de um Studebaker, um automóvel americano. O jovem Onoda tinha sido a primeira pessoa a dirigir um Studebaker na China.

Shimada fica curioso. "As garotas gostavam do carro?"

Onoda pensa um pouco. "Mais do carro do que de mim." Depois, porém, acrescenta baixinho que uma das moças deve tê-lo amado muito, tanto que, tendo ele começado um relacionamento com outra, ela tentara o suicídio. Comportava-se de forma leviana com as mulheres e com os sentimentos; de seu ponto de vista atual, não tinha caráter. Kozuka então quer saber como foi que ele se tornou um soldado fiel a seus princípios, inabalável no cumprimento de sua missão, e isso a todo momento, dia e noite, com chuva ou sol, ante as investidas e a perseguição do inimigo. Onoda não tem certeza. Seguramente, havia sido depois de sua volta ao Japão, sobretudo ao se dedicar às artes marciais; a guinada se dera acima de tudo quando ele começara a treinar kendo, a esgrima com espadas de bambu. Passara, assim, a entender o espírito japonês, e seus olhos se abriram definitivamente quando ele entrou para o Exército. O kendo havia lhe mostrado, contou, que toda disputa bélica deixava-se reduzir ao essencial: dois homens lutando apenas com espadas.

Volta e meia os homens retornam a esse ponto em suas conversas. Como deveria ser a guerra? Como se poderia reduzi-la? Daquela maneira como eles faziam, sem exército, sem canhões, sem navios de guerra e aviões portando bombas? Mas e as armas de fogo, os fuzis do Exército que utilizam? De suas aulas sobre a condução de guerras especiais, Onoda sabe que houve um tempo em que as armas de fogo, já bastante difundidas no Japão, foram abandonadas quase da noite para o dia. Esse é seu tema preferido, inesgotável para ele. No começo do século XVII, sem que tivesse havido qualquer resolução formal a esse respeito, os samurais teriam abdicado de suas armas de fogo e, a partir de então, voltara a imperar apenas a guerra do homem contra homem, com espadas ou, quando muito, arco, flecha, lança e nada mais. Aquilo tinha começado numa grande batalha em 1603, na qual apenas vinte e seis homens haviam empregado armas de fogo. Shimada objeta, apontando que, então, tinham usado, sim, armas de fogo, mas Onoda observa que, numa grande batalha campal cerca de dez anos antes, cento e oitenta mil guerreiros haviam lutado, e isso apenas de um dos lados, o que documentos comprovavam. Desse exército, um terço estava equipado com armas de fogo, ou seja, cerca de sessenta mil homens. Quantos as haviam utilizado do outro lado, isso não se sabia ao certo, mas podia-se supor que, no total, mais de cem mil mosquetes tinham sido empregados, além de canhões e colubrinas. Vinte e seis mosquetes, dez anos mais tarde, equivaliam quase à extinção completa das armas de fogo. E o que aconteceu depois, Shimada quer saber. As armas de fogo voltaram, diz Onoda. Quanto tempo durou aquela ausência de fuzis, não se sabe ao certo. Pouco a pouco, eles retornaram.

"Às vezes", diz Onoda, "eu acho que essas armas têm algo de inato, algo sobre o qual os homens já não exercem nenhuma influência. Têm vida própria, tão logo inventadas? E também a própria guerra não tem uma espécie de vida própria? Ela sonha consigo mesma?" A seguir, depois de mergulhar longamente em seus pensamentos, Onoda ainda diz algo que só com grande cautela ousa externar, como se, aquecido no fogo, este seu pensamento fosse um pedaço de ferro incandescente: "Será possível que só estou sonhando esta guerra? Pode ser, talvez, que, ferido, eu esteja num hospital militar e que, acordando enfim depois de anos de inconsciência, ouça de alguém que foi tudo um sonho? Esta floresta, a chuva, tudo é um sonho? Será que a ilha de Lubang é só um produto da fantasia, existente apenas em mapas inventados por antigos descobridores, nos quais o mar é habitado por monstros e as pessoas têm cabeça de cachorro e de dragão?".

Assim transcorrem os dias. A chuva martela o abrigo. Vinda bem lá de cima, a água arrasta consigo pela encosta a folhagem, a terra, os galhos arrancados. Quando a chuva diminui, os homens examinam sua munição, armazenada de pé no óleo de palma dentro de vidros de geleia e compota, e consertam suas botas e uniformes, que hoje só vagamente lembram uniformes de fato. Cozinham, comem e dormem, dormem, comem e cozinham ao longo dos dias cinzentos e informes, com suas torrentes de água provenientes das nuvens e em meio à névoa e à fumegante indiferença da natureza. Uma vez por ano, Onoda retira do esconderijo a espada da família, que limpa e lubrifica com o máximo cuidado. Ainda que vivesse em sonhos febris, aí está sua referência mais palpável de algo que não pode ser inventado, como uma âncora lançada numa realidade distante.

Mas, então, a realidade do mundo torna a se impor, de novo tangível. Kozuka adoece, tem sangue na urina e recebe de Shimada um caldo feito de ervas da floresta. Seu estado não melhora. De súbito, Kozuka odeia tudo, a floresta, a chuva, a guerra e o caldo, que, mesmo sem convicção, bebe. Real parece ser também a munição, e não as balas de fuzil em si, mas seu número, embora ele não seja palpável. Ao limpá-la e rearranjá-la em óleo fresco de palma, Onoda faz também seu inventário anual. Vale-se para tanto de tabuinhas que dispõe no chão e movimenta, num sistema que ele próprio inventou e que constitui uma espécie de ábaco particular, com o qual calcula também os dias do calendário. Da munição para o fuzil, restam dois mil e seiscentos cartuchos, o que corresponde a uma média de quarenta cartuchos usados por ano. Contudo, apesar de todos os cuidados, há sinais de oxidação e, nos últimos anos, alguns cartuchos não dispararam. Em teoria, a munição basta para dar prosseguimento à guerra por mais de sessenta anos, mas Onoda insiste na ponderação, no que tange aos disparos de fuzil. E se, de repente, o inimigo der início a um grande ataque contra eles? E se uma parte da munição espalhada por vários esconderijos for descoberta? Que idade ele teria ao fazer uso da última bala?

Lubang, borda da floresta
1954

A estação das chuvas se foi. A floresta fumega. Milhões de pássaros irrompem em júbilo. Os soldados observam o terreno. Onoda examina a borda da floresta, o ponto em que ela se transforma em planície aberta. Ao longo dos anos, seu binóculo já foi há muito tempo vitimado pela umidade, um fungo leitoso esparrama-se pelas lentes. Também a olho nu, porém, pode-se ver que o gado pasta próximo da floresta, onde a grama fresca cresce numa faixa de pradaria. Somente mais além começam os arrozais. Shimada fica feliz pelo fato de sua presa ter se movido quase até eles, a carne não precisará ser arrastada até tão longe.

Uma vaca pasta a menos de dez metros da borda da floresta. Os soldados, bem escondidos, mantêm-se quietos. Imóveis, observam a redondeza. Nada chama a atenção. Shimada, então impaciente, deixa por fim a densa proteção das folhas e se aproxima da vaca, o fuzil apontado para a cabeça dela. De repente, um inferno, tiros provenientes de dois lados: uma emboscada cuidadosamente preparada. Pedaços de galhos voam do matagal de onde provêm as balas. Shimada rodopia, responde ao fogo, mas no mesmo momento é alvejado diretamente na cabeça. Tomba como um tronco de árvore. Onoda e Kozuka atiram desvairadamente. No caos, dois soldados filipinos em fuga abandonam seu esconderijo. Um deles, ferido por um tiro de Onoda, é arrastado pelo companheiro de volta para a mata. Onoda tem problemas com seu fuzil, um cartucho não dispara. Mas o inimigo já bate em retirada. Depois de um momento de reflexão, Onoda, a quem Kozuka dá cobertura, salta na direção de Shimada, mas, de pronto, percebe que não há nada a fazer, que ele está morto. Furioso, dispara um tiro às cegas rumo à densa floresta, na direção em que o inimigo desaparecera.

Lubang, costa ocidental

1971

Vinte e seis anos se passaram desde o final da guerra. Um dia indiferente amanhece na ilha. O sol se alça num espetáculo vermelho e laranja. Faixas de chuva sobre a planície. Insetos estranhos sobem pelos cipós, seu intento é impenetrável. Onoda observa os B-52 voando alto no céu, seu rastro quádruplo na atmosfera. Ele tem agora mais de cinquenta anos, ainda maiores são sua serenidade, seu estoicismo. A costa ali compõe-se de rochas negras, vulcânicas, entremeadas por curtos trechos de praia. Mais atrás erguem-se, íngremes, as montanhas recobertas de floresta. A costa em si revela-se perigosamente exposta ao olhar. Onoda está deitado de costas; Kozuka, de vigília. Onoda passa-lhe o binóculo. De um dos lados, o sistema de lentes ainda não foi totalmente tomado pelos fungos.

Onoda está certo de que só pode ser uma nova geração de bombardeiros aquela que, agora, observam há alguns anos, desde 1966, aproximadamente. As formações estão cada vez maiores. "Bombardeiros americanos?", Kozuka pergunta.

Onoda não duvida, embora, de distância tão grande, não consiga identificar nenhum emblema nacional. "Da Base Aérea de Clark?", Kozuka supõe, mas Onoda não acredita. "Nenhum avião pesado sobe tão alto numa distância tão curta. Suponho que as formações venham de Guam." Essa seria também a explicação lógica para o fato de o teatro da guerra ter se deslocado para o sudeste da Ásia ou para a Índia. Por que pensava na Índia?

"A Índia", Onoda explica sua teoria, "provavelmente se libertou da Inglaterra, e a Sibéria se separou da Rússia. Juntamente com o Japão, formam agora uma poderosa aliança contra os Estados Unidos." Kozuka torna-se inquieto. Estavam havia tempo demais expostos aos olhos de todos ali. Onoda ordena uma rápida retirada pela selva íngreme.

Um local de descanso em meio à selva mais densa. Os cantos dos pássaros, a fúria dos mosquitos. Os dois homens estão postados bem juntos um do outro. Onoda, com seu talento para a tecnologia, pensou no assunto por um bom tempo: essa nova geração de aviões já não usa hélices; voam tão alto que na certa devem ser muito mais velozes do que lhes permitiria a propulsão gerada pela rotação das hélices.

"Por quê?", Kozuka quer saber.

"Porque o ar lá em cima é tão rarefeito que um avião já não pode voar ali, a não ser que seja extremamente rápido." Onoda segura no ar uma garrafa na horizontal, a fim de explicar o princípio segundo seu ponto de vista: teria de haver uma câmera fechada queimando combustível mediante explosões, e com uma abertura numa das extremidades. A energia resultante da explosão obrigaria a câmera a se mover para a frente, da mesma forma como a boca de uma mangueira de jardim recua, se não a seguramos com firmeza.

"Mas como é que a explosão, ou as muitas explosões seguidas, não destrói a câmera e o avião de imediato?", Kozuka pergunta.

"Num automóvel também acontecem milhares de explosões por minuto no interior do motor, sem que isso o destrua", Onoda informa, sucinto. Sua esperança era que um dos aviões caísse em Lubang, para que ele pudesse compreender em detalhes como eram construídas aquelas máquinas a jato.

Lubang, Monte Quinhentos

1971

Onoda e Kozuka em movimento. Cada passo é lento e cuidadoso. Mantêm-se sob a proteção da selva ao alcançar o topo escalvado do Monte Quinhentos. Algo ali difere do usual. E então veem o que é: uma mesa pequena e provisória foi montada e, sobre ela, repousa um grosso rolo de papel que parece embrulhado em plástico. Ao lado, uma placa foi fincada na grama, na qual se lê "Novidades do Japão", escrito em japonês. No início do crepúsculo, Onoda e Kozuka seguem ainda examinando a área, só na manhã seguinte aventuram-se para fora de seu esconderijo. Com o fuzil, Onoda empurra cautelosamente para um e outro lado o rolo de papel sobre a mesa, antes de tomá-lo nas mãos. Um jornal, sem dúvida, e recém-impresso. Foi posto ali no máximo dois dias atrás. Alguém deve ter estado no local imediatamente antes deles. Depressa, os dois soldados se retiram de volta para a selva.

Somente no posto de observação de Looc, onde se pode identificar de longe movimentos hostis, eles se debruçam sobre seu achado e estudam cada centímetro quadrado do jornal. Onoda o folheia, vê propagandas de utensílios elétricos de cozinha, automóveis e batons. Depois, folheia o jornal de volta até a manchete: Austrália e Nova Zelândia querem pôr fim a sua participação na guerra. Em outra coluna: Fiasco da ofensiva sul-vietnamita no Laos. Abaixo, uma foto na qual soldados desesperados se agarram a um helicóptero norte-americano levando feridos.

"Por que os Estados Unidos haveriam de apoiar o Vietnã?",
Onoda se pergunta. Será que o teatro da guerra moveu-me mais
para o oeste, como supôs ele anos atrás, ou terá o Laos se aliado
à Índia, à China e à Sibéria num novo eixo contra a América?
Kozuka acha possível. Mas Onoda tem dúvidas sobre se o jornal todo não poderia ser, afinal, uma falsificação do serviço secreto americano. Era o que deveria ter pensado já desde o começo. Mas Kozuka aponta para os pequenos anúncios, que lhe
parecem genuínos. Onoda folheia repetidas vezes o jornal e,
por fim, chega à conclusão de que o inimigo está se valendo de
uma edição autêntica, tendo falsificado apenas uma série de páginas. Chama a atenção de Kozuka que coisas importantes tenham sido preteridas por completo, como o comportamento
do Japão na guerra. E os muitos anúncios dão a impressão de
que quiseram evitar a supressão de colunas inteiras. "À exceção da primeira página", Onoda calcula, "quase a metade da superfície do jornal compõe-se de propaganda. Só que os jornais
nunca dedicam mais do que dois ou, talvez, três por cento de
seu espaço para os anúncios. Ninguém jamais vai comprar todas
essas mercadorias, isso é completamente impensável. Todas as
notícias reais foram censuradas e substituídas por publicidade."

A atenção de Kozuka recai outra vez sobre a primeira página,
com data de 19 de março de 1971. Para Onoda, aquela é a prova
definitiva da falsificação: pré-dataram a edição. "Hoje é 15 de
março, os idiotas são incapazes até mesmo de contar."

"Mas e se...", Kozuka principia.

Onoda lança-lhe um olhar incisivo. "Mas e se o quê?"

"Mas e se nosso calendário não estiver correto?", pergunta
Kozuka. "Apenas como hipótese."

"Ele está", Onoda assegura. "Calculei os anos bissextos, observei a lua..."

"A lua tem seus truques", Kozuka observa.

Onoda reflete. "Tem razão. As fases da lua não têm muita utilidade no calendário, e, em nossas fugas, nem sempre pude seguir direito a sequência dos dias. E, como estamos tão próximos do equador, é difícil medir com precisão os solstícios de verão e de inverno. Ainda assim, eu sei contar muito bem."

"Me perdoe, tenente", Kozuka se desculpa.

Caiu a escuridão. Os dois homens ainda seguem estudando cada linha, cada imagem, cada anúncio no jornal. Uma pequena fogueira fornece luz suficiente; para poder ler, eles mantêm o rosto bem próximo do jornal, suas cabeças parecem arder com o fogo. Algo inquieta Onoda. Ele se põe a ouvir com atenção. Nada. Depois, paralisado, apanha seu fuzil.

"Alguma coisa não está certa", sussurra.

Kozuka se abaixa, aguça os ouvidos. Mas, então, Onoda descobre algo que pode parecer a coisa mais natural do mundo, mas, para ele, é uma sensação.

"Veja ali, em Looc. De repente, eles agora têm eletricidade." E, de fato, algumas luzes de néon iluminam o lugar, um acontecimento gigantesco. Faz cinco anos que nenhum dos dois soldados vê luz elétrica; só uma vez, e bem de longe, viram luz elétrica em Lubang. Onoda suspeita que tempos mais duros estão a caminho, sobretudo à noite, caso comecem a procurá-los com grandes holofotes. No momento, porém, Kozuka quer apenas desfrutar do espetáculo.

No dia seguinte, Onoda descobre através de seu binóculo enevoado uma nova mudança. Seis camponeses trabalham no campo aberto, mas estão acompanhados de dois homens à paisana portando fuzis. Claramente, não são soldados, mas guardas, não tomam parte do trabalho no campo. O que fazer? Onoda decide-se por atacar. Há tempo demais não sinaliza quem controla a ilha.

Lubang, planície perto de Looc

1971

Onoda e Kozuka arrastam-se adiante pela grama alta, aproximam-se com a cautela de uma leoa diante da presa. Algumas palmeiras entremeadas por mamoeiros. Risos de homens trabalhando.

"Onde estão os dois guardas?", Onoda sussurra.

Kozuka os distingue. "À esquerda, mal dá para ver debaixo do toldo que estão usando para se proteger do sol."

Onoda põe-se à escuta com a máxima atenção. "Estou ouvindo música."

"Um rádio? Como pode um rádio funcionar aqui fora, ao ar livre?", Kozuka sussurra. Onoda decide atacar. Ergue-se de um salto e abre fogo. Os camponeses gritam, fogem para todas as direções. Um dos guardas tenta disparar um tiro, mas seu fuzil claramente nem está carregado. O outro atira ao léu na direção de Onoda, mas só acerta pedrinhas no chão, que espirram para todos os lados; um tiro, porém, ricocheteia e atinge o pé de Onoda. Somente uma hora mais tarde ele vai constatar que o sangue escorre para dentro de sua bota. Os defensores do campo já o abandonaram. Kozuka apanha um saco de arroz, um facão e vários mamões. Onoda encontra o radinho de ondas curtas, que segue tocando a música de uma rádio local. A voz de um disc jockey falando tagalogue espalha um bom humor incontido. O alto-falante é bem fraco, Onoda esforça-se em vão por algum tempo para encontrar o botão de desligar. Não quer que a música o denuncie no caminho de volta.

"*Desde la capital del tango, desde Buenos Aires...*", Onoda ouve no alto-falante quando, por fim, num esconderijo seguro e debaixo de uma rocha saliente, tenta encontrar uma estação. Como é possível ouvir Buenos Aires de tamanha distância, Kozuka se admira. Onoda, ao contrário, se diverte imaginando o que, afinal, Kozuka tinha aprendido na escola. Eram ondas curtas, explica, lançadas de volta à Terra lá da estratosfera e que se multiplicavam em zigue-zague ao redor do globo. Como o som é baixo e ruim, Onoda desmonta o aparelho e chega à conclusão de que as pilhas estão fracas. Algo, porém, o espanta: aquele rádio não tem válvulas, deve ser fruto de algum progresso incompreensível. Ele limpa o contato das pilhas e as recoloca no lugar. Muita estática, fragmentos confusos de línguas estrangeiras e, de repente, por menos de um minuto, o crescendo de um concerto para piano de Beethoven. Depois, uma estação de rádio japonesa. Como o som é fraco, aumenta e diminui, os dois homens aproximam os ouvidos do pequeno alto-falante, juntando as cabeças. Transmite-se uma corrida de cavalos.

"E agora", anuncia o narrador, "o segundo evento da noite, o Kyoto Grand. Flor de Cerejeira é a favorita..."

"Uma corrida de cavalos, inacreditável. Nem sei mais que aspecto tem um cavalo", Kozuka sussurra.

"É uma prova", Onoda se alegra, "de que o Japão está ganhando a guerra. Do contrário, como poderia haver corridas de cavalos?"

A recepção se interrompe a todo momento, mas é sem dúvida uma corrida de cavalos. "E agora, o Orgulho de Hokkaido... toma a dianteira, os competidores distanciam-se bastante uns dos outros na curva final..."

Como as pilhas estão muito fracas, Onoda as aquece debaixo dos braços.

"Estes são os competidores no quarto páreo: Flecha Emplumada, Ave de Rapina e Sombra Branca, que já ganhou o Tokyo Open, agitam-se nervosamente..."

"Podemos apostar quem vai ganhar", Kozuka sugere.

"Como assim? Não sei nada de cavalos de corrida", Onoda objeta. Kozuka assente.

Onoda, contudo, acata a sugestão. "Aposto em Sombra Branca, o nome me soa vencedor."

Kozuka aposta em Ave de Rapina. Mas o alto-falante traz uma surpresa:

"Não, não, não e NÃO!", a voz no rádio exclama esganiçada. "Sombra Branca abandonou o box de largada e derrubou seu jóquei. Sem ninguém na sela, o cavalo vence o portão e galopa na direção do estacionamento. Cavalariços partem em seu encalço, mas como vão encontrar o garanhão no meio de vinte mil carros estacionados? A corrida terá de começar sem ele."

"Vinte mil, incrível", Kozuka comenta.

"Quando, uma vez, fui a um hipódromo", Onoda recorda, "encontrei muitos ônibus e talvez duzentos automóveis, no máximo."

Depois, sorridente, ele faz uma sugestão: "Se você acertar um vencedor, isso é sinal de uma inteligência elevada. Será então meu superior por um dia".

Diversas vezes os homens erram em suas apostas, mas então, numa das corridas, já quase inaudível, Kozuka aposta em Samurai 1. O rádio não diz uma palavra sobre o cavalo, mas, de repente, o narrador, sem fôlego, relata: "Shinjuku está na dianteira, mas está exausto. Como se do nada, Samurai 1 lança-se adiante. Desvencilha-se de todos os competidores, toma a frente e mantém a dianteira até a linha de chegada. Foi por muito pouco!".

Onoda cumprimenta Kozuka por sua intuição. No dia seguinte, Kozuka é o comandante, mas não sabe o que fazer com aquela promoção. Seu papel ao longo de décadas tomou posse dele de tal forma que ele mal consegue dar uma ordem, ainda que simples. Mas os homens riem, será um dia leve, de pequenos percalços. Como as pilhas já estão gastas, Kozuka sugere — em vez de ordenar — que ataquem a cidade de Lubang para roubar pilhas novas.

"Kozuka", objeta Onoda, "hoje, de fato, você é meu superior, mas não podemos atacar Lubang. Teríamos de superar vários quilômetros de terreno plano em campo aberto, e são oitocentos habitantes na minha estimativa, que provavelmente é demasiado baixa."

"Desculpe", Kozuka se apressa em dizer, "foi só uma ideia."

Lubang, costa sul

1971

Num esconderijo bem camuflado na borda da selva em íngreme aclive, Onoda e Kozuka estão chupando manga e comendo abacaxis. Kozuka está alegre. "Esta época de abacaxi é a melhor de todas. Melhor do que a dos búfalos, melhor do que a da colheita do arroz."

"Já estamos aqui há dois dias", Onoda retruca, "e sabemos como isso é perigoso. Amanhã, precisamos partir de novo e, desta vez, dar a volta no sentido contrário: afluente do Wakayama, posto de observação de Looc, Monte Quinhentos e, depois, Monte da Serpente."

Ao cair da noite, os homens põem-se a apanhar caranguejos. Depois, Onoda se deita de costas, enquanto Kozuka fica de vigília. Onoda descobre algo inusual com seu binóculo. Certifica-se com Kozuka de que não há perigo iminente e, então, o chama para si. "Ali, na base do Grande Dragão, tem alguma coisa se mexendo. Dá para ver a olho nu, este binóculo já não serve para muita coisa."

Kozuka esforça-se em vão.

"À esquerda da estrela brilhando mais baixa tem outra, movendo-se depressa, e precisamente numa trajetória norte-sul."

Agora, Kozuka também vê. "Um avião voando bem alto?", conjectura.

"De início, pensei a mesma coisa."

"Ou um cometa?", Kozuka se pergunta.

"Não. Não se vê cauda nenhuma, e, a nossos olhos, os cometas não parecem estar em movimento."

"Estranho." Kozuka experimenta olhar pelo binóculo, mas também não consegue ver nada com ele.

Onoda, no entanto, tem certeza de uma coisa. "Não chama a sua atenção que a estrela se mova de norte para sul?"

Kozuka confirma com um movimento da cabeça.

"Na noite passada, já observei essa mesma estrela. Ela desapareceu no sul e, depois, simplesmente reapareceu no norte, cerca de setenta minutos mais tarde, mas numa trajetória deslocada, como se numa órbita regular. Sempre, porém, passando exatamente sobre os dois polos. Não pode ser um cometa nem um avião voando alto, a estrela está alta demais para ser um avião, e é também rápida demais para tanto. Uma estrela cadente com certeza não é. Tem uma regularidade no movimento que eu gostaria de entender."

Aquele fenômeno ocupa Onoda por semanas. Ele aventa todas as possibilidades, mas vai descartando uma a uma, até, por fim, encontrar uma explicação ao mesmo tempo técnica e estratégica, que expõe a Kozuka: "Tenho certeza de que se trata de um objeto produzido pelo homem e que voa bem mais alto do que um avião, muito além da atmosfera terrestre. É um objeto que circunda nosso planeta".

"Mas para quê?", Kozuka se admira.

"O propósito é militar. Minha teoria é a seguinte: estou convencido de que se pode enviar um objeto para a órbita da Terra, mas, para isso, seria necessária uma enorme velocidade de escape, que só se pode atingir com uma quantidade imensa de combustível. Já tentei calculá-la e cheguei a um valor que corresponderia à capacidade total de todo um trem de carga, e isso apenas para pôr em órbita uma massa de um quilograma. Precisaríamos imaginar muitos trens de carga cheios de combustível, porque o objeto deve ser grande; do contrário não conseguiríamos vê-lo a olho nu."

"Mas isso é muita coisa", Kozuka se espanta.

Onoda ergue o punho cerrado. "E por que esse objeto se move precisamente sobre os polos e em velocidade uniforme? Para cada volta na Terra, calculo uma duração de pouco mais de uma hora, é uma velocidade gigantesca."

Kozuka tenta seguir o raciocínio. "Por que exatamente sobre os polos norte e sul?"

Onoda apanha um galho retilíneo, que espeta no punho, de forma que, para cima e para baixo, ele sobressai numa linha vertical. "Imagine que isto aqui é o eixo da Terra."

Devagar, ele então gira o punho. "O objeto voa sobre o polo sul; depois, do outro lado da Terra, voa de volta para o polo norte, e assim vai girando. Mas crucial no meu raciocínio é o seguinte: a cada volta, a Terra girou um pouco mais adiante, e o objeto sobrevoa sempre um novo segmento do planeta, da mesma forma como, ao descascar uma laranja, vamos vendo surgir seus segmentos. Se ele voa sempre de um polo a outro, então acaba por abranger a totalidade do globo, setor por setor."

"E qual o propósito desse exercício?", Kozuka pergunta.

"A guerra. Naturalmente, a guerra", Onoda tem certeza. "É tão extraordinariamente trabalhoso e tão caro produzir um objeto assim que ele só pode ter sido feito com um objetivo militar. Poderia ser uma plataforma para a observação da Terra como um todo, segmento por segmento, ou poderia ser também uma bomba de poderio gigantesco. Seria possível lançá-la sobre qualquer ponto do planeta. Poderiam jogá-la na Antártida, no México ou mesmo aqui, na ilha de Lubang. Já não há mais lugar no mundo que seja seguro."

Pouco depois, os homens fazem nova descoberta, bem mais prosaica, em sua trilha na selva e nas proximidades do Monte

Quinhentos: uma revista filipina rasgada em tiras. Quando, com cuidado, Onoda folheia a publicação com a ponta de um novo facão, recém-conquistado — erguer as páginas, ele não quer —, os dois homens identificam fotos pornográficas. Em grupos, corpos nus, estranhamente entrelaçados, dão vazão a sua lascívia em configurações dissolutas. Kozuka gostaria de levar os pedaços da revista consigo, mas Onoda os deixa no chão, a fim de não dar ao inimigo, que deliberadamente os colocou ali como isca, nenhuma indicação de que esteve no local.

Lubang, Monte Quinhentos

1971

De um matagal, Onoda e Kozuka observam acontecimentos estranhos no monte escalvado. Uma estrada provisória conduzindo ao topo do monte foi aberta na selva. Caminhões, trabalhadores com capacetes de plástico, uma tropa de agrimensores; dois trailers lado a lado formam o que tudo indica ser uma espécie de escritório central temporário. O que mais chama a atenção, bem ao lado, é um grande trator de um amarelo cintilante, vindo dos Estados Unidos. Lá longe, na distância, torres de nuvens pulsam atravessadas por raios silentes. Kozuka supõe estarem construindo uma base bastante grande para a artilharia, mas que alvos cabe à artilharia alcançar a partir dali? E onde estão os soldados para dar proteção aos trabalhadores? Com seu binóculo defeituoso, Onoda inspeciona a área mais abaixo e descobre uma tropa de cerca de cinquenta soldados filipinos que, numa linha cerrada, avança lentamente rumo à borda da floresta. A cada dois metros, um soldado, o que, para Onoda, é sinal de que não se trata de uma manobra militar efetiva: na selva, teriam de estar ainda mais próximos um do outro. Perigosa, uma tal caçada só seria, talvez, com mil homens avançando espalhados por uma faixa de um quilômetro. Durante todo o seu tempo ali, Onoda jamais viu empregarem cães farejadores, mas estes tampouco teriam chance contra homens armados. Só se empregam esses cães contra homens desarmados, o que o Exército filipino também parece saber. Para Onoda, aquela formação ineficaz, avançando compacta, é sinal de que os soldados têm medo de entrar na floresta.

***

Onoda e Kozuka precisam de um tempo cada vez maior para cuidar de seu equipamento. O clima úmido devora tudo, tudo apodrece, tudo se decompõe. Quando, certa vez, durante uma semana livre de perigos, põem-se a lavar sua roupa, começa a chover e eles enfiam as peças parcialmente secas num saco plástico roubado. No dia seguinte, volta a chover e, no outro, por fim um dia seco e de sol, encontram o saco plástico todo inflado, como uma bexiga prestes a explodir. Dentro, o saco está branco e cheio de fiozinhos finos, como se ali tivesse se esparramado com violência algodão-doce, como o das crianças nas quermesses, mas é bolor espalhando-se furiosamente.

Onoda conserta sua calça, que faz questão de remendar com um tecido saqueado que, pelo menos na cor, se assemelha ao de seu uniforme. Kozuka tece uma nova rede de palhinha que pretende prender na parte de cima da mochila.

"Por que", pergunta ele, "o tenente precisa da cor exata de seu uniforme, por que ele precisa parecer tão autêntico?"

"Somos soldados ou vagabundos?", Onoda responde, irritado.

O som de um avião pequeno os assusta; ele parece voar em círculos. Com cuidado, os dois correm até um ponto a partir do qual podem vê-lo melhor. O monomotor dá lentas voltas, uma de suas portas laterais foi removida e substituída por um grande alto-falante.

"Tenente Onoda, cabo Kozuka", ressoa em japonês, "transmito aqui uma ordem aos senhores…" Mas leva ainda algumas voltas até que os homens compreendam toda a mensagem. "É uma ordem do presidente. Saiam de seu esconderijo, os senhores serão anistiados."

"Besteira, é uma armadilha", Onoda esclarece de imediato. "Por que, então, mandam um batalhão inteiro de infantaria atrás de nós?"

Kozuka tem suas próprias dúvidas. "Presidente? Presidente do quê? Das Filipinas? E, se é das Filipinas, o que foi feito dos Estados Unidos? Ou ele quer dizer presidente dos Estados Unidos da América?"

O grande canteiro de obras no Monte Quinhentos de fato parece indicar uma aliança mais profunda entre a América em guerra e as Filipinas.

Lubang, trilha na floresta

19 de outubro de 1972

De novo em movimento, dessa vez andando de costas. Onoda se detém abruptamente, porque o canto dos pássaros cessou. Ele se agacha no meio da folhagem espessa, Kozuka esconde-se a seu lado. Veem um brilho prateado no chão da trilha. Parece ser um pedaço de papel-alumínio, semelhante àquele que encontraram há cerca de um mês, com restos minúsculos de chocolate. Kozuka se levanta para inspecionar o pedaço de papel.

"Espere!", Onoda sussurra, mas Kozuka já está a descoberto. O papel-alumínio rodopia tão tresloucado em sua direção que é como se tivesse havido uma explosão, mas são tiros. Gritos, movimentos desvairados, balas de fuzil arrebatam folhas. Depois, silêncio. Kozuka está de pé no meio da trilha.

"O peito", ele diz com muita calma, como se perdido num solilóquio. "É meu peito."

Sua respiração sibila, borbulhas de sangue formam-se na boca, e ele cai de cara no chão.

Lubang

A partir do final de 1972

De agora em diante, e por dois anos ou dois instantes, Onoda é uma porção móvel da selva. Certa vez, tão logo percebe que não tem mais como escapar de uma pequena tropa de soldados do Exército filipino avançando depressa, ele se enterra rapidamente debaixo da folhagem, jogando ainda, no último instante, mais algumas folhas sobre si. Na pressa, um soldado atrasado pisa em sua mão, mas não o vê.

Uma fogueira. Cigarras. Mosquitos. Chuva. Mais chuva. Onoda, completamente ensimesmado, arranca apressadamente conchas das rochas na abrupta costa ocidental da ilha. Faz fogo como os trabalhadores na floresta, sem deixar qualquer vestígio. Acredita ter sido esquecido, mas, certo dia, vê homens abaixo do posto de observação em Looc. Um deles carrega um alto-falante no ombro, como se fosse uma mochila, e vai se afastando ainda mais para baixo; seu rosto, não é possível reconhecer. A voz, em japonês, diz: "Sou eu, seu irmão. Sou seu irmão Toishi".

Por um momento, Onoda fica paralisado.

"Hiroo, meu irmão", a voz chama, "ouça-me."

Onoda parece insensível, como se feito de pedra. O que é inconcebível não pode ser.

"Saia daí, meu irmão, saia daí. Venha para fora." A voz segue em movimento, já quase inaudível.

Onoda esforça-se ao máximo para seguir entendendo o que ela diz.

"Agora, vou cantar uma canção", prossegue a voz longínqua. "Hiroo, meu irmão, lembra-se da canção que cantávamos quando as cerejeiras floresciam?"

E Onoda ouve então o começo da canção. Depois, a selva inspira e absorve a voz que canta.

"As pétalas caem, são as almas dos tombados, elas flutuam..."

O que era aquilo? Era mesmo seu irmão ou uma vaporosa quimera? Onoda não consegue classificar aquele acontecimento no âmbito de suas convicções. Tem de conviver com a contradição. Se era mesmo seu irmão, por que ele segue ouvindo aquela voz por semanas, em vários pontos da ilha? A resposta apossa-se dele com intensidade crescente: se aquele era seu irmão, acompanhado de uma tropa de busca, então estava lhe dando a entender — num código secreto, por assim dizer — que, na realidade, a tropa em questão tinha por tarefa vasculhar cada pedacinho de Lubang, a fim de compreender em detalhes a topografia e poder desenhar mapas melhores para o retorno iminente do Exército imperial. A realidade se reveste de códigos ocultos, ou os códigos são enriquecidos pela realidade, como os veios de minério na rocha.

Dali em diante, o tempo para por semanas. Ou, melhor dizendo, não para: deixa de existir. Em seguida, dispara, salta semanas, meses, porque uma única brisa encrespou as folhas. Onoda se move como um sonâmbulo, mas mesmo isso é apenas ilusório. Nele, convivem duas naturezas. Move-se bem desperto, vê tudo, ouve tudo. Está sempre preparado para tudo. Mas não lhe é dado ser selva simplesmente, um pedaço da natureza. Tem de lembrar a população local da missão que lhe cabe cumprir; avança, pois, ao ar livre pela planície ao norte da cidade de Lubang e dispara tiro após tiro no vazio. Não há ninguém ali. Não precisa coletar provisões. Vão ouvi-lo.

Lubang, afluente do Wakayama

9 de março de 1974, 8h

Uma bandeira japonesa tremula sobre uma grande barraca. Dentro desta, cabe um homem em pé. Ao lado, a barraca de Suzuki. Onoda oculta-se entre os juncos, está bem escondido na confluência dos dois riachos. Não se mexe. Nada; nenhum soldado filipino, nenhum repórter, é óbvio que não se trata de uma emboscada. Suzuki arrasta-se para fora de sua barraca e começa a escovar os dentes quase que exatamente onde está Onoda, mas não o vê. "Não se mexa", Onoda ordena com calma, o fuzil apontado para a nuca de Suzuki.

"Onoda", diz Suzuki, "Hiroo Onoda."

"O senhor cumpriu sua palavra. Vire-se."

"Trago comigo de Tóquio seu oficial comandante", Suzuki informa para a boca do fuzil. "Major Taniguchi."

"E quem mais?"

"Ninguém mais. Apenas um pelotão da divisão de elite do Exército filipino aguarda o senhor no Monte Quinhentos."

"Armada?", Onoda quer saber.

"Sim, mas, em sua honra, vão apresentar as armas ao senhor."

"Onde está meu oficial comandante?" Onoda toma cuidado. "Tenho de considerar a possibilidade de que isto seja um estratagema de guerra."

"Senhor major", Suzuki chama. "O senhor poderia sair, por favor? O tenente Onoda está aqui."

Mas o major não aparece, ainda não calçou as botas. Onoda perfila-se na entrada da grande barraca. Do lado de dentro, mãos remexem no fecho. Taniguchi sai, um homem velho, algo encurvado, cabelos brancos, oitenta e oito anos de idade.

"Tenente", diz ele, "eu reconheço o senhor. Tornou-se um homem adulto."

Onoda bate continência, recua dois passos e apresenta seu fuzil.

"O senhor me reconhece?", Taniguchi pergunta.

"Sim, senhor major", Onoda endireita ainda mais sua postura.

"Agora, vou ler para o senhor as instruções do quartel-general do Exército." Taniguchi não veste uniforme, apenas uma camisa do Exército e um boné das unidades especiais. Formal, ele segura uma folha de papel nas mãos estendidas adiante. "Em consonância com o comando imperial, o 14º Exército e as demais unidades japonesas cessaram toda ação bélica. Assim sendo, as unidades sob o Comando de Guerra Especial põem fim imediato a todas as hostilidades. O senhor deve se entregar às forças filipinas e seguir as instruções delas."

O rosto de Onoda permanece imóvel. Ele bate continência.

"Tenente, sua guerra acabou." Como Onoda parece paralisado, Taniguchi pergunta então, agora num tom bastante pessoal: "Tenente, está se sentindo bem?".

O rosto vazio de Onoda nada denuncia, revela como se uma rigidez cadavérica. Com uma expressão pétrea no semblante, ele responde: "Senhor major, sinto em mim uma tempestade".

"Dispersar, tenente", Taniguchi diz. "Por formalidade, devo agora acrescentar que essa ordem vige a partir deste momento, hoje, 9 de março de 1974, 08h00."

Como se uma pancada o houvesse atingido por trás nos joelhos, Onoda se acocora. O major está surpreso. "O que há com o senhor, tenente?" Mas Onoda perdeu a fala.

"Diga alguma coisa", Taniguchi o encoraja.

"Se hoje é 9 de março", diz Onoda, perplexo, "então meu calendário está cinco dias atrasado."

"O senhor está vinte e nove anos atrasado", Taniguchi replica.

A caminho do Monte Quinhentos, Onoda pede para fazer um desvio. Quer ir buscar sua espada escondida no tronco da árvore. A espada encontra-se em perfeito estado, sem nenhum vestígio de ferrugem. O sol brilha sobre a lâmina. Até o último momento, Onoda reconhecerá mais tarde, ele teve a esperança de que o major se voltasse para ele e, em confidência, lhe explicasse que tudo aquilo havia sido apenas uma encenação teatral, que só haviam desejado pôr à prova sua firmeza.

Lubang, Monte Quinhentos

9 de março de 1974, 10h30

A corcunda escalvada está diferente. No topo do monte, uma estação de radar toma forma. Uma unidade de elite do Exército filipino está perfilada ali. Taniguchi é o primeiro a sair da mata, seguido de Onoda. Um comandante ladra uma ordem, a unidade apresenta os fuzis. Onoda passa em revista a formação, mecanicamente, como se tudo aquilo só pudesse ser imaginário. No fim da fila, aguarda o general de maior patente do Exército filipino. Onoda, de frente para ele, bate continência e entrega seu fuzil. Depois, com os dois braços esticados, estende-lhe também sua espada, mas o general a devolve de imediato. "O verdadeiro samurai conserva sua espada", diz apenas. Para Onoda, é como se já não abrigasse em si sentimentos como comoção; mais tarde, porém, ele admitirá que tudo nele se pôs a gritar.

Depois, teve mais. Logo após o retorno de Onoda ao Japão, Norio Suzuki fez uma expedição ao Himalaia para, como havia se proposto, encontrar o yeti. Mas, ao pé do Dhaulagiri, foi atingido e morto por uma avalanche. Hiroo Onoda partiu imediatamente do Japão para o Nepal. Acompanhado de um xerpa, empreendeu uma caminhada de três semanas, subindo até uma altura de mais de cinco mil metros antes de alcançar o topo do majestoso flanco sul da portentosa cadeia de montanhas de oito mil metros. Os xerpas haviam erigido uma pirâmide de pedra sobre o local em que Suzuki jazia enterrado. O carregador a serviço de Onoda depõe sua mochila. "Esta aqui é a tumba." Dentro de Onoda, foi como se punhos gigantescos ameaçassem descer do céu até ele, como se a natureza intangível da cordilheira nevada, das geleiras e dos abismos quisesse rasgá-lo ao meio. Onoda postou-se diante do monumento de pedra. Somente o tremular das bandeiras de oração lembrava a vida que se fora. Onoda, o rosto tão imóvel quanto tudo à sua volta, perfilou-se. Por um momento, as nuvens se abriram para uma luz fugidia. Nenhum terremoto, nenhum trovão. Apenas silêncio.

Uma vez tendo se entregado às forças filipinas, Onoda é levado de helicóptero para Manila. O presidente Ferdinand Marcos, que, sob estado de emergência, governava o país havia pouco tempo, faz repetir para si, como grande espetáculo midiático, a cerimônia da entrega da espada. Também ele a devolve de imediato. Obedecendo a instruções, Onoda tornara a vestir seu uniforme puído, embora já em Lubang tivesse recebido roupas civis. Marcos concedeu-lhe uma anistia pelo fato de Onoda ter agido durante todos aqueles anos como soldado. Também a população de Lubang ele tomara, em última instância, como agentes disfarçados do inimigo. Anos mais tarde, Onoda retornou para uma visita a Lubang, onde foi recebido com alegria pelos locais. Mas a controvérsia em torno dos habitantes da ilha que ele havia matado jamais arrefeceu por completo.

Quando a notícia do fim da guerra solitária do tenente Onoda chegou pelo rádio ao Japão, todos os corações, os corações de uma nação inteira, pararam por um minuto.

Onoda, porém, recebido por um pandemônio da mídia, ficou profundamente decepcionado com o consumismo da sociedade japonesa do pós-guerra. Para ele, o país tinha perdido a própria alma. O primeiro-ministro quis recebê-lo de pronto, mas Onoda recusou-se a encontrá-lo. Queria, em primeiro lugar, encontrar as famílias de seus companheiros tombados. Depois, mudou-se para o Brasil — para onde seu irmão mais velho, Tadao, havia emigrado —, desbravou um pedaço de floresta no remoto Mato Grosso e começou a criar gado. Boa parte do ano, no entanto, passava em sua terra natal, onde abriu uma escola privada, a Escola da Natureza. Em acampamentos de férias, ensinava técnicas de sobrevivência a crianças em idade escolar durante os meses de verão. Dois anos depois de seu retorno ao Japão, Onoda se casou, mas não teve filhos. Morreu aos noventa e um anos, em Tóquio.

Por um bom tempo, Onoda recusou-se a receber o soldo pelos vinte e oito anos passados como soldado na selva. Aceitou o dinheiro apenas por insistência da família, mas doou-o de imediato ao Santuário Yasukuni. Ali, desde meados do século XIX, são preservados num livro os nomes dos dois milhões e meio de pessoas que, de lá para cá, deram a vida pela pátria. Curiosamente, preservam-se também os nomes dos animais domésticos. O santuário é polêmico, porque guarda inclusive os nomes de cerca de mil criminosos de guerra condenados. Por isso, hesitei em aceitar o convite de Onoda para acompanhá-lo até lá. Ele queria me mostrar os restos de seu uniforme puído, que também é conservado no santuário. O nome de Onoda foi registrado ali há muitos anos, porque ele foi declarado oficialmente morto já em 1959; sem nenhum sinal de vida da parte dele, supuseram que, juntamente com Kozuka, ele havia sofrido ferimento fatal na emboscada que vitimara Shimada. Durante duas semanas, Onoda precisou negociar com o abade do santuário para que eu, então, recebesse um convite oficial. Aceitei-o, porque pensei: quem sou eu, proveniente de um país que impôs tamanhos horrores a outros povos e seres humanos, para me permitir veredictos fáceis? Onoda e eu estabelecemos de imediato um vínculo entre nós e nos aproximamos em muitas conversas, porque eu também trabalhara na selva sob condições difíceis e podia falar com ele e lhe perguntar sobre coisas que ninguém mais abordaria. Ele me pediu para traduzir uma canção que, para estimular a si próprio, sempre cantava em todos os seus anos em Lubang:

Eu posso parecer um vagabundo ou um mendigo,
Mas, lua silente, és testemunha do brilho em minh'alma.

Ajoelhamos diante do abade numa longa cerimônia. Depois das orações, o abade se voltou para mim. A conversa me foi traduzida, mas não guardo qualquer lembrança do que foi dito naquele encontro. Por fim, a uma ordem sua, um monge ausentou-se da sala. Voltou, então, trazendo uma embalagem chata de papelão amarrada com laços de seda. Dentro dela, estava o uniforme de Onoda embrulhado em papel de seda, como se faz com trajes valiosos. O papel foi erguido com cuidado, e ali estava ele, o uniforme que Onoda usara na selva durante trinta anos, sempre e de novo cuidando de sua manutenção. Seguiu-se um longo silêncio. Depois, Onoda pediu ao abade que me deixasse tomar nas mãos o uniforme. Eu me curvei, e o monge o depositou em meus braços cerimoniosamente estendidos. O abade trocou umas poucas palavras com Onoda e me incentivou a desdobrar e tocar o uniforme, o que eu fiz com o maior cuidado. Ao fazê-lo, porém, senti algo escondido na lateral do cinto. Onoda também notou e, olhando para mim, assentiu com a cabeça. Encontrei ali um vidrinho marrom, como os que as farmácias utilizam para os remédios. Continha óleo de palma produzido pelo próprio Onoda. Ele não sabia que, depois de tantas décadas, o vidrinho ainda estava em seu uniforme. A meu lado, senti um solavanco. Onoda não se levantou: algo o puxou para cima. Todos os presentes, ainda ajoelhados e sentindo a mesma pontada no coração, curvaram-se em sua direção.

Como ele poderia ter esquecido o vidrinho? Algo real, que se escondera em algum ponto exterior a suas lembranças. Muitas vezes ele se perguntara se seus anos em Lubang poderiam ter sido anos de sonambulismo, mas se algo palpável, não presente em seus sonhos, materializava-se de repente, então ele não poderia ter estado sonhando. Onde começa aquilo que se pode tocar e onde começa a lembrança desse algo? Por que, ele se perguntava com frequência, sua marcha interminável na selva não podia ter sido uma ilusão? Em seus milhões de passos, chamara a sua atenção que não existia nem poderia existir um presente. Cada um de seus passos já era passado, e cada novo passo, futuro: o pé levantado, algo já acontecido; o pé que pisa na lama defronte, futuro. Onde estava o presente? Cada centímetro para diante, algo vindouro; cada centímetro para trás, coisa já passada. E isso em medidas cada vez menores, milímetros, frações já imperceptíveis de milímetros. Nós acreditamos viver no presente, mas ele não pode existir. Caminho? Vivo? Luto uma guerra? Mas e os muitos trechos que ele caminhou de costas para iludir o inimigo? Também o passo para trás caminhava para o futuro.

O passado era sempre descritível e mensurável, mas, para Onoda, sua memória deformara os acontecimentos, misturara-os por vezes de maneira confusa. Mesmo uma década depois da morte de Shimada, ele ainda o via diante de si na selva. Segundo Onoda, dores, a memória, em sua graça inerente, não admitia armazenar (do contrário, depois das dores do parto, as mulheres não iriam mais querer ter filhos). O futuro, afirma, era sempre como uma névoa a assumir novas formas, pairando impenetrável sobre uma paisagem desconhecida, mas também esta era por vezes reconhecível. O dia vai acabando. De manhã, o sol nasce. A estação das chuvas começa em cinco meses. E, então, vindo do nada, o inesperado: uma bala de fuzil, visível como um projétil traçante à luz do crepúsculo. Se você não desviar o corpo a tempo, ela vai atingi-lo no futuro. O ponto que a bala teria atingido, o plexo solar, não está mais onde estava. A degradação de seu uniforme é inevitável, mas o inevitável pode ser modificado. Mancha após mancha, desaceleram-se a ruína, o desgaste, o apodrecimento. No fim, era ainda e sempre um uniforme.

Depois da visita ao santuário, tivemos uma conversa num parque que entrou pela noite. Ele era um sonâmbulo outrora ou estava sonhando o hoje, o agora? Muitas vezes, em Lubang, essa pergunta o intrigava. Não havia prova de que, quando estava acordado, estava de fato acordado, nem de que, quando sonhava, estava sonhando. O crepúsculo do mundo. Quando, por motivos misteriosos, as formigas param, elas movem as antenas. Têm sonhos proféticos. As cigarras gritam com o universo. No terror da noite, lá estava um cavalo de olhos incandescentes que fumava charutos. Um santo imprimiu uma marca profunda na rocha sobre a qual dormiu. Elefantes, à noite, sonham de pé. Os sonhos febris rolam a rocha da noite para o alto dos montes ardentes e raivosos. A floresta se curva e se estica como lagartas a peregrinar montanha acima e abaixo. A garça, encurralada, ataca apenas os olhos dos perseguidores. Um crocodilo devorou uma jovem nobre. Os mortos, de costas para o sol, deixam-se sepultar de pé. Três homens avançam a cavalo, a sela está vazia. A rede do adormecido apanha peixes. Quem caminha ao contrário deveria também falar ao contrário. Onoda, ao contrário, era Adono. O coração do beija-flor bate mil e duzentas vezes por minuto. Os índios silentes do Mato Grosso do Sul acreditam que o beija-flor vive duas vidas ao mesmo tempo. É somente no meio do gado no Mato Grosso que Onoda encontra alguma segurança. Seu coração bate no ritmo do dos animais, sua respiração respira com eles. Então ele sabe que está onde está. A noite se foi, e cardumes de peixes não sabem de nada.

Das Dämmern der Welt, Werner Herzog
© Carl Hanser Verlag GmbH & Co. KG, München, 2021.
Mediante negociação com Ute Körner Literary Agent.

Todos os direitos desta edição reservados à Todavia.

Grafia atualizada segundo o Acordo Ortográfico da Língua
Portuguesa de 1990, que entrou em vigor no Brasil em 2009.

capa
Violaine Cadinot
imagem de capa
mikroman6/ Moment/ Getty Images
preparação
Nina Schipper
revisão
Huendel Viana
Mariana Delfini

Dados Internacionais de Catalogação na Publicação (CIP)

Herzog, Werner (1942-)
O crepúsculo do mundo / Werner Herzog ; tradução
Sergio Tellaroli. — 1. ed. — São Paulo : Todavia, 2022.

Título original: Das Dämmern der Welt
ISBN 978-65-5692-261-4

1. Literatura alemã. 2. Romance. 3. Segunda Guerra
Mundial. I. Tellaroli, Sergio. II. Onoda, Hiroo. III. Título.

CDD 833.9

Índice para catálogo sistemático:
1. Literatura alemã : Romance 833.9

Bruna Heller — Bibliotecária — CRB 10/2348

todavia
Rua Luís Anhaia, 44
05433.020 São Paulo SP
T. 55 11. 3094 0500
www.todavialivros.com.br

fonte
Register*
papel
Munken print cream
80 g/m²
impressão
Geográfica

A tradução desta obra foi apoiada por
um subsídio do Instituto Goethe.